KB114033

MODERN FANTASTIC STORY

전설의

박선우 현대 판타지소설

투자가

전설의 투자가 6

박선우 현대 판타지 소설

초판 1쇄 찍은 날 § 2020년 12월 17일
초판 1쇄 펴낸 날 § 2020년 12월 24일

지은이 § 박선우
펴낸이 § 서경석

총괄팀장 § 노종아
편집책임 § 신나라
디자인 § 공간42

펴낸곳 § 도서출판 청어람
등록번호 § 제387-1999-000006호
등록일자 § 1999. 5. 31
어람번호 § 제1-3104호

주소 § 경기도 부천시 부일로 483번길 40 서경B/D 3F (우) 14640
전화 § 032-656-4452 팩스 § 032-656-4453
http://www.chungeoram.com
E-mail § chungeorambook@daum.net

ISBN 979-11-04-92289-3 04810
ISBN 979-11-04-92230-5 (세트)

MODERN FANTASTIC STORY

전설의

6

박선우 현대 판타지소설

투자가

전설의 투자가

목차

제35장
유럽의 미녀들

　이병웅은 정설아의 전화를 받은 후 어두워진 창밖을 바라
보았다.

　지금까지 살아오면서 단 한 번도 즉흥적으로 일을 해본 적
이 없었다.

　그가 했던 모든 일들은 철저한 분석과 판단에 따라 투자되
었을 뿐, 감정이나 단순한 예측으로 했던 일은 한 번도 없었
다.

　이번 일도 마찬가지.

　한국의 금융시장을 갈아 엎으려던 건 오래전부터 계획해

왔던 것이었다.

왜 대한민국이 외국인들의 놀이터가 되었단 말인가.

그 원인이 발생한 건 길게 보면 IMF로 되돌아간다.

급격하게 성장하던 한국 경제를 철저하게 망가뜨린 원흉은 꽤 많았지만, 가장 큰 이유는 외국 금융 세력들의 양털 깎기였다.

한 국가의 외환시장을 흔들어 주식과 부동산 등 실물시장을 박살 내어 헐값으로 사들인 외국 금융 세력의 비열한 행동은 대한민국의 뿌리를 흔들어놓기에 충분했다.

미국은 오래전 잘나가던 일본과 독일을 말도 안 되는 협약을 맺어 도륙했고, 소련을 완전히 해체시켜 버리는 만행을 저질렀다.

그것이 1980년대에 벌어진 일이다.

한국을 비롯한 동남아시아가 얻어맞은 건 1990년대 후반.

미국과 유럽의 열강들은 무역의 불균형과 정치적인 이유 등을 들어 다른 나라들을 압박했으나, 그 이면에서 조정한 것은 바로 금융 세력들이다.

이병웅이 암중에서 세계를 지배하는 세력이 있다고 느낀 것은 바로 그런 이유 때문이었다.

국가를 가리지 않았다.

이용할 수 있는 건 모두 이용했고, 자신들의 이익을 위해서라면 악마의 모습을 그대로 드러냈다.

그들은 일본, 독일, 러시아를 박살 낸 후 불과 10년도 되지 않아 동남아시아를 쓸어버릴 때 활용했던 미국의 심장을 저격했다.

그 선두에 서 있는 것이 바로 JP 모건이었다.

하지만 그들은 선봉 세력일 뿐, 얼마나 많은 자들이 블랙 위도의 그늘에서 활동하는지 알 수 없다.

누군가는 음모론이라 치부하면 코웃음을 치겠지.

그런 사람은 금융을 전혀 모르거나, 현실을 살아가기 위해 매일매일 발버둥 치는 사람일 것이다.

왜냐하면, 조금만 공부해도 뭔가 이상하다는 것을 금방 눈치챌 수 있기 때문이다.

멀리 갈 것도 없이 불과 8년 전 발생한 미국의 금융위기만 봐도 충분히 알 수 있다.

금융위기에서 세계 최대 은행이 JP모건은 아무런 타격을 받지 않았고, 오히려 금융시장이 무너졌을 때 천문학적인 투자를 감행해서 현재도 막대한 수익률을 올리는 중이었다.

'제우스'도 거기에 편승해서 커다란 이익을 올렸지만, JP모건에 비한다면 새 발의 피다.

이병웅이 한국 금융시장의 판도를 바꾸겠다고 작정한 것은 언젠가 다시 발생할지 모르는 위기에 대비해야 된다는 생각 때문이었다.

뭔가 찜찜했다.

그토록 막대한 자금을 풀어놓고 미국은 금리인상을 하면서 양적긴축을 시행하지 않고 있었다.

거품을 계속 키우는 느낌.

막대하게 풀린 자금은 개구리가 산란하는 것처럼 수많은 파생상품을 만들며 자본시장에 거품을 만들고 있는 중이었다.

'이지스' 그룹을 상장시키는 것도 그 이유 때문이다.

건강하게 대한민국의 금융시장을 성장시키기 위해서는 글로벌기업으로 성장한 '이지스' 그룹이 시장에 버티고 있어야 된다는 판단이었다.

손, 발이 몸통을 지배하는 한국의 금융시장.

주식시장보다 선물 옵션 시장이 몇 배나 더 비대해진 기형적인 구조를 완전히 바꿔놔야 한다.

외국인들의 수작으로 인해 벌어진 이 기형적인 시장을 없애지 않는 한, 한국의 금융시장은 영원히 외국 금융시장의 놀이터가 될 수밖에 없다.

이제 내년이면 '갤럭시'의 신제품들이 줄줄이 출시된다.

세계 자동차 시장 판도를 완벽하게 뒤엎어 버릴 '쥬피터'부터 가상현실게임과 스페이스비전까지 나오게 되면 대한민국은 열강들 금융 세력의 손에서 완전히 벗어날 수 있다.

그들이 벌어들이는 달러가 안전판 역할을 해준다면, 어떤 헤지펀드도 함부로 대한민국을 상대로 도발하지 못할 것이다.

$*$ $*$ $*$

"잘 가요, 내 사랑. 안녕히 잘 가세요. 금방 내가 찾아갈 테니 그때까지 부디 기다려 주세요."

싸늘하게 식은 시신을 향해 눈물 흘리는 황수인의 모습은 너무 슬퍼 보여 안아주고 싶을 정도로 가련하게 보였다.

그녀의 주변에 돌아가고 있는 3대의 카메라.

저런 상태에서 어떻게 저런 감정을 잡을 수 있을까.

정말 대단한 연기력이었다.

마지막 신이 끝나자 스태프들의 뜨거운 박수 소리가 터져 나오는 걸 보며 이수경도 따라서 박수를 쳤다.

영화 전문 잡지 '씨네마23'의 기자로 벌써 10년이 넘도록 일했지만, 지금까지 황수인처럼 연기를 잘하는 배우는 찾아보기 어려웠다.

그만큼 황수인은 배우로서 타의 추종을 불허할 정도로 완벽한 연기자였다.

하긴, 은막의 여왕이란 타이틀이 그냥 주어지겠는가.

벌써 그녀의 나이 35살.

처음 데뷔했을 때도 연기 잘하는 배우로 소문났는데, 지금은 완전히 연기가 물올랐다.

"안녕하세요. 저 또 왔어요."

"어서 와요. 이 기자님이 제일 부지런하네요. 다른 기자들보다 배는 열심인 것 같아요."

"능력이 없으면 열심히 뛰기라도 해야죠. 언니, 잠시 인터뷰 오케이?"

"좋아요. 그런데, 복장이 이래서. 얼굴도 엉망이고."

"그게 더 좋아요. 막, 현실감 있고 그러잖아요."

황수인이 불편한 기색을 보이자 이수경이 마구 손을 내저었다.

그녀는 전투복을 입었는데, 격렬한 싸움 장면 후였기에 얼굴과 몸 여기저기에 피 칠이 된 분장을 하고 있었다.

인터뷰라 해봐야 거기서 거기다.

워낙 여러 번 찾아와서 인터뷰를 했기 때문에 그녀로부터 얻을 수 있는 건 별로 없었다.

영화 내용은 처음부터 끝까지 달달 외울 정도였고, 불과 10일 전 촬영장을 찾았기 때문에 인터뷰는 최근에 벌어진 일화에 관한 걸 듣는 정도였다.

철수를 준비하던 스태프들 속에서 웅성거리는 소리가 들리기 시작한 것은 인터뷰가 거의 끝나갈 때였다.

소란이 일어난 곳을 확인하다가 자리에서 벌떡 일어났다.

사람들 틈을 뚫고 걸어오는 사람의 정체는 그녀의 몸이 달달 떨리도록 만들 만큼 충격적이었기 때문이었다.

"어, 어… 저기 저기. 언니, 이병웅 씨. 이병웅 씨예요!"

똑바로 다가오는 이병웅을 바라보며 이수경이 소릴 지르다가 황수인의 굳어진 얼굴을 확인한 후 입을 닫았다.

싸늘하게 굳어진 황수인의 표정이 심상치 않았다.

내려놨던 카메라부터 들었다.

팽팽 돌아가는 머리.

황수인의 표정에서 두 사람의 만남이 결코 단순하지 않을 거란 게 번쩍거리며 머릿속에서 마구 피어오르고 있었다.

*   *   *

이병웅은 빽빽하게 둘러싼 스태프들의 틈을 뚫고 곧장 황수인을 향해 다가갔다.

이미 와 있던 몇 명의 기자들이 기를 쓰면서 접근해 왔는데, 그들의 전화통은 불을 뿜고 있었다.

손을 내밀어 음료수 캔을 전해줬다.

평범하게, 아무렇지 않은 듯. 마치 오래전부터 해왔던 것처럼.

"힘들었죠? 시원하게 마셔요."

"여긴 왜 왔어요?"

차가운 목소리.

도대체 몇 년의 시간이 흘렀는지 모른다.

그의 말을 들은 후 그에게 향했던 따뜻한 마음을 지운 지 오래였다.

문득문득 생각이 났으나 애써 지우려 노력했다.

눈을 뜨면 언제나 들려오는 그의 노래.

그의 노래는 그녀에게 마법의 주문과 다름없었으나, 과거의 감정을 떠올리지 않으려 갖은 애를 썼다.

그녀의 질문에 주변에 몰려 있던 기자들이 잔뜩 긴장된 눈으로 이병웅을 쳐다봤다.

과거, 오래전 황수인과 이병웅의 스캔들이 세상을 떠들썩하게 만들었던 게 떠올랐기 때문이었다.

"수인 씨, 연기하는 거 보고 싶었어요. 그런데, 이미 끝나고 말았네요."

차가운 물음에 상반되는 따뜻한 음성.

옆에서 눈을 빛내며 듣고 있던 이수경은 그의 음성을 듣는 순간 스태프들에게 마지막 장면을 다시 찍으라고 소리를 지를 뻔했다.

"이번 영화가 무척 대작이라고 소문나서 궁금했어요. 그동안 수인 씨 잘 있었나 보고 싶기도 했고요."

"전, 잘 있었어요. 아주, 잘……."

하고 싶은 말이 더 있었으나 황수인은 빽빽하게 둘러싼 사람들을 보며 입을 닫았다.

오랜 세월 은막의 스타로 살아오면서 감정을 절제하는 방법을 배웠기에 이런 자리에선 최대한 말을 아껴야 한다는 걸 안다.

하지만 그녀의 노력과 다르게 이병웅의 입에서 나온 말은 전혀 주변의 눈을 의식하지 않았다.

"전 다음 주에 유럽 콘서트를 떠나요. 그래서 가기 전에 수인 씨 얼굴 보고 싶었어요."

"……."

"여전히, 수인 씨는 아름답네요. 예전 그때처럼."

"고마워요."

"혼자 문득 있다 보면 수인 씨가 생각나요. 그때마다 참고 참죠. 그러다가 도저히 참을 수 없게 되면 이렇게 당신을 보러 옵니다. 내가 참 이기적이죠? 미안해요."

"병웅 씨, 참 농담도 잘하세요."

애써 웃었다.

주변에서 미친 듯 사진을 찍고 있는 기자들을 향해 농담하지 말라는 듯 쾌활하게 웃으며 이병웅의 가슴을 장난스럽게 때렸다.

하지만 가슴속은 이미 새까맣게 타고 있었다.

자신의 행동을 보면서 부드럽게 웃고 있는 이 남자는 세계에서 가장 유명한 사람이고 모든 여자의 우상이나 다름없는 남자였다.

그런 남자의 보고 싶었다는 고백을 어떻게 해석해야 된단 말인가.

믿을 수 없다.

예전에도, 지금도 그의 입에서 나온 말과 행동들은 그녀를 실망시켰던 것들뿐이었다.

그럼에도, 가슴이 떨린다.

그의 고백은 그동안 애써 지우려 했던 그녀의 감정을 한꺼번에 폭발시키기에 충분했다.

"콘서트 갔다 와서 우리 같이 식사해요. 내가 맛있는 거 사줄게요."

"호호… 알았어요. 몇 년 만에 먹는 거니까 맛있는 거 사주세요."

"영화 잘되기를 바라요. 그럼, 난 이제 갈게요."

"콘서트 잘하세요."

"안녕."

아무런 것도 아닌 것처럼 시크하게 손을 흔들었다.

처음에는 잔뜩 기대했던 기자들의 얼굴이 실망으로 물들었으나, 두 사람은 헤어진 후 자신의 갈 길로 부지런히 사라졌다.

바람처럼 왔다 바람처럼 사라진 남자.

기자들은 이병웅의 행동에 어리벙벙한 표정을 숨기지 못했다.

뭔가 있는 것 같기도 한데, 막상 특종으로 보도하기엔 턱없이 부족했다.

그렇다고 제목을 잘못 뽑으면 3천만 명에 달하는 'BWL' 회원들에게 몰매를 맞게 될 것이니 시간이 지날수록 그들의 표정은 마치 똥 씹은 얼굴처럼 변해갔다.

*   *   *

"형님, 저분 좋아하시는 거 아닙니까?"

"그렇게 느껴져?"

"예. 제가 연애 경험은 많지 않지만 그런 것 같아요. 벌써 형님과 함께한 시간이 십 년 가까이 되지만 이런 느낌은 처음이에요."

"어떤데?"

"저분을 바라보는 눈빛이 달라요. 저분도 그런 것 같고요."

운전을 하는 정두영의 시선은 정면을 향한 채 움직이지 않았지만, 그의 음성에서는 도저히 이해할 수 없다는 의문이 잔뜩 담겨 있었다.

아무리 생각해도 이해가 되지 않는다.

그가 아는 이병웅은 결코 여자에 대해서 순진한 사람이 아니었다.

항상 밀착해서 살다 보니 이병웅에 대한 숨겨진 비밀을 그 누구보다 잘 알고 있었다.

벌써 100명이 넘는 여자와 비밀리에 연애를 했는데 그 여자들은 하나하나 이름만 들어도 금방 알 정도의 대스타들이었다.

꿈속의 여인들.

모든 남자들이 한 번쯤 꿈꾸어봤을 법한 여자들을 이병웅은 콘서트를 다닐 때마다 거침없이 품었다.

그럼에도 지속적으로 사귀는 건 본 적이 없다.

그녀들에 대해 입 밖으로 꺼낸 적 없었고, 보고 싶다거나 마음을 주는 걸 한 번도 본적이 없다.

그러나 황수인은 달랐다.

벌써 몇 번째란 말인가.

특정한 여자를 향해 이병웅이 이런 모습을 보이는 건 단연코 처음이다.

"이상해?"

"예, 이상합니다. 좋은데 왜 사귀지 않으세요. 혹시 스캔들 그런 것 때문인가요?"

"그런 것 때문이 아냐."

"그럼요?"

"그 사람이 좋은 건 맞아. 그런데 이상하게 접근할 수가 없어. 저 여자를 생각할 때마다 나로 인해 불행해질 것 같은 걱정이 먼저 들거든."

"전 도저히, 무슨 말씀인지 모르겠습니다. 좋으면 좋은 거지, 그런 걸 왜 생각하세요?"

"그러게 말이다."

정두영의 말을 들으며 이병웅이 웃었다.

맞아.

지금까지 접근해 오는 여자는 그냥 유혹해서 침실로 데려 갔고 절대 잊지 못할 쾌락을 선물해 줬어.

그녀들이 자신을 잊지 않고 콘서트를 갈 때마다 전화를 해 오는 건 그런 이유가 있기 때문이지.

밀애의 기술에 당한 여자들은 아침이 되면 침대에서 저 혼자의 힘으로 걸어 나오지 못할 정도로 탈진을 해.

아마, 그녀들이 태어나 처음 느낀 경험이었을 거야.

그런데, 황수인에게만큼은 그럴 수가 없어.

다른 여자들과 달리 그녀에게만큼은 그러고 싶질 않단 말이지.

그래서, 이번엔 진짜 확인을 해볼 생각으로 온 거야.

그 여자에 대한 내 감정이 어떤 것인지 이번 콘서트에서 유럽의 초미녀들을 품어본 후 확인해 볼 생각이야.

그때도 똑같은 느낌이 든다면 과감히 유혹해서 호텔로 데려간 후 끝을 내겠어.

나는, 내 인생에서 불확실한 게 있다는 걸 용납할 수 없거든.

        *   *   *

유럽 콘서트.

이미 전 세계는 매년 벌어지는 이병웅의 콘서트로 인해 몸살을 앓고 있었다.

1년에 단 한 번 열리는 그의 콘서트는 언제나 수많은 화제를 뿌렸고, 참여했던 관객들은 그 환상 속에서 오랫동안 벗어나지 못했다.

이제 그의 콘서트가 벌어질 때마다 구름처럼 몰려드는 관객들과 앞자리를 차지하기 위한 사람들의 경쟁은 화젯거리도 되지 않았다.

매년 벌어지는 연례행사라고나 할까.

이병웅의 콘서트는 4년 전부터 실황 중계권을 판매했는데, 그 수입만 해도 5천만 달러에 육박했다.

전 세계의 메이저 방송국이 전부 입찰에 참여해서 금년에는 7천만 달러에 달할 것으로 추정되고 있었다.

유럽 콘서트를 떠나는 날.

인천국제공항은 그를 배웅하기 위한 팬들과 기자들로 바글바글거렸다.

늘 하던 대로 간단하게 인사를 하고 출국장을 빠져나와 비행기에 탑승한 채 프랑스로 향했다.

"너 그거 아니?"

"뭘요?"

"너를 모시기 위해 스튜어디스들이 전쟁을 치르는 거?"

"무슨 말도 안 되는 소릴 하세요?"

"어제 신문에 나왔더라. 네가 콘서트를 떠날 때마다 항공사 스튜어디스들 사이에 전쟁이 벌어진단다. 서로 비행기를 타려고."

"거짓말하지 마세요. 스튜어디스들은 전부 운항 계획에 따라 배정되는데, 그럴 리가 없잖아요."

"얘가 뭘 모르네. 바로 그거야, 운항 계획. 네 콘서트 일정이 잡히면 항공사의 모든 스튜어디스들이 떠나는 타임을 추측하고 베팅을 한대. 거기서 당첨되는 스튜어디스는 로또에 맞았다고 축하를 받는단다."

"별소릴 다 하시네."

"저 봐라… 다른 손님들은 안중에도 없잖아. 서빙하면서 눈은 전부 널 보느라 정신이 없어."

"사장님, 촌에서 왔어요? 왜 그래요. 오늘따라."

"부러워서 그런다. 난 콘서트 때마다 독수공방하느라 외로워. 너처럼 인기가 없어서."

김윤호가 자신의 허벅지를 탁탁 때리며 신세 한탄을 했다.

그의 말대로 스튜어디스들은 서빙을 하면서도 틈이 날 때마다 이병웅을 훔쳐보고 있었다.

"아, 참. 병웅아. 이번 스페인 공연에 레오노르 공주가 오신단다. 떠나기 전에 스페인 쪽에서 연락이 왔어."

"그런데요?"

"무신경한 놈. 레오노르 공주는 왕세녀야. 차기 스페인 국왕 후계 1순위라고. 그것뿐이냐. 엄청난 미인으로 알려져 있어. 미녀들이 많기로 유명한 스페인에서도 레오노르 공주는 특별한 외모를 가진 것으로 유명해."

맞다.

레오노르 공주는 아름다운 외모로 여러 번 해외 토픽에 소개되었는데, 스페인 국민들의 사랑을 독차지할 만큼 성격이 활달한 것으로 유명했다.

"노래 들으러 오겠죠. 뭐, 내가 특별히 신경 쓸 거 있어요?"

"없어. 특별히 신경 쓰지 마, 절대로."

"왜 노려봐요?"

"네가 이상한 짓 할까 봐 겁나서 그런다."

"저도 상황 봐가면서 합니다. 못 먹는 감은 절대 찌르지 않아요."

김윤호의 말을 들은 이병웅이 쓴웃음을 지었다.

이병웅의 여자 편력을 알고 있는 단 두 명의 사람 중 하나가 바로 그였다.

그는 콘서트 때마다 잠이 드는 그 순간까지 이병웅에게 불상사가 일어나지 않도록 돌봤기 때문에, 늦은 시간에 호텔로 들어오는 여자들을 몇 번 만난 적이 있었다.

물론, 그의 콘서트에 초청되어 왔던 특급 스타들이었다.

"병웅아, 하던 대로 하자. 반칙 같은 거 하면 안 돼. 알지?"

"알았어요."

"이번에 너를 돕기 위해 무대에 선다는 애들은 작년보다 더화려해. 어째 갈수록 이러는지 모르겠어."

김윤호는 자기 입으로 말을 해놓고 고개를 도리도리 흔들며 창밖으로 시선을 주었다.

그의 말대로 이번 공연에 신청한 스타들은 각국의 최정상 배우들과 가수들이었는데, 대부분 수많은 팬들을 보유한 남자들의 워너비 여자 스타들이었다.

그가 걱정하는 건 단 한 가지뿐.

이병웅의 사생활을 터치할 생각은 추호도 없었으나, 스캔들이 터지는 건 절대 안 된다.

그동안 잘해왔다.

무슨 방법을 썼는지 지금까지 그의 공연에 출연했던 스타들은 저녁, 아주 늦은 시간 기자들의 눈을 피해 그림자처럼 숨어들었기에 스캔들을 피할 수 있었다.

하지만 꼬리가 길면 잡히는 법.

스캔들이 터지는 순간 이병웅의 모범적인 이미지는 한순간에 나락으로 떨어지고, 그를 사랑하는 수많은 팬들에게 실망을 주게 될 것이다.

도대체 모르겠어.

잘생겼고 인기가 있으니 여자가 꼬이는 건 당연하다.

그럼에도 모든 여자들이 미치는 걸 보면 이병웅에게는 여자를 홀리는 마법 같은 게 있는 것 같다.

*　　　　　*　　　　　*

첫 공연 장소인 프랑스에 도착한 다음 날 이병웅은 정두영과 함께 관광을 나갔다.

콘서트는 3일 후 예정되어 있었기 때문에 그때까지 빈둥빈둥 놀아야 하는 신세였는데, 이병웅은 작심하고 아침 일찍 호텔을 나섰다.

프랑스 공연은 두 번째였지만 첫 번째는 호텔에 틀어박혀 있다가 콘서트를 끝낸 후 이동했기에 아무것도 하지 못했다.

물론 그 이면에는 김윤호의 철통같은 방어막이 있었다.

그는 이병웅의 신상에 문제가 생길까 봐 나가는 걸 절대로 허락하지 않았다.

살려달라고 갖은 협박을 했다.

호텔에 틀어박혀 혼자 끙끙거리면 우울증이 생긴다며 어젯밤 2시간이나 협박한 끝에 최대한 변장하고 나간다는 조건으로 허락을 받았다.

프랑스 지리를 잘 알지 못하지만 이병웅은 관광 책자만 하나 달랑 들고 정두영이 운전하는 차에 올라탔다.

오늘 갈 곳은 에펠탑과 개선문, 루브르 박물관, 몽마르뜨 언덕이었다.

프랑스의 대표적인 관광지였고 평소에 한 번쯤 꼭 가보고 싶었던 곳들이었다.

서양 사람들은 동양인의 얼굴을 잘 구별하지 못한다.

심지어 어떤 사람들은 나이조차 가늠하지 못했는데, 서양 사람들 눈에는 동양인들이 전부 비슷비슷하게 보인다고 한다.

에펠탑에 도착한 이병웅은 파킹 하고 돌아온 정두영과 함께 천천히 타워를 향해 걸어갔다.

표를 끊었지만 막상 늘어선 줄을 보자 엄두가 나지 않았기에 이병웅은 정두영을 바라보며 입을 떡 벌렸다.

늘어선 줄의 길이가 끝도 보이지 않았기 때문이었다.

"우와, 길다. 어떡하지?"

"제가 길 거라고 했잖아요. 그래도 오늘은 덜하네요. 평소 같으면 저기 문까지 선다고 들었어요."

"할 수 없지. 여기까지 왔으니 에펠탑에는 올라가 봐야 되잖아."

"그럼 줄 서세요. 형님이 아무리 유명해도 새치기는 안 될 겁니다."

정두영이 실실 웃으며 먼저 줄의 끝에 가서 섰다.

그동안 이병웅은 어느 곳에 가더라도 특별 대우를 받았으나, 이곳 에펠탑에서는 일개 관광객에 불과할 뿐이었다.

정확히 45분.

엘레베이터를 타고 에펠탑 꼭대기까지 오르는 데 걸린 시간은 생각보다 훨씬 길었다.

사방이 훤히 내려다보이는 전망.

파리 시내가 한눈에 보이는 곳에서 두 사람은 연신 감탄을 하며 관광을 즐겼다.

이런 자유를 느낀 적이 얼마 만인가.

"형님, 커피 사 올까요?"

"응, 그래."

편의점을 발견한 정두영이 묻자 이병웅이 흔쾌히 고개를 끄덕였다.

그런 후 천천히 시선을 돌리다가 난간에 기대어 있는 여자들을 발견했다.

한 여자는 분홍색 원피스를 입었는데 긴 생머리가 너무나 잘 어울렸고, 다른 한 명은 단발머리에 청바지를 입었다.

한없이 자유로움이 느껴지는 표정들.

그녀들은 장소를 옮겨가며 셀카를 찍었는데 꽤나 인상적인 미모를 가진 사람들이었다.

그 역시 난간에 기대어 파리 시내를 내려다봤다.

역사를 간직하고 싶어 하는 프랑스 사람들은 고층 건물을 짓지 않기 때문에 다른 도시들과 다르게 특별한 건물이 눈에 띄지 않았다.

그럼에도 아름답다.

정연하게 늘어선 건물들, 그리고 그 사이를 따라 흐르는 세느강, 도심 한 군데 자리 잡고 있는 거대한 공원, 하늘에 떠 있는 구름.

이 모든 것이 한 편의 명화를 보는 것처럼 아름다웠다.

"저기요, 미안하지만 사진 한 장 찍어줄 수 있어요?"

갑작스럽게 들려온 목소리에 이병웅은 소리가 난 곳을 향해 고개를 돌렸다.

목소리의 주인공은 사진을 찍고 있던 두 여자 중 단발머리 여자의 것이었다.

"오케이, 어디를 배경으로 찍어드릴까요?"

"이쪽."

이병웅이 사진기를 받아 든 채 묻자 여자들이 세느강이 보이는 난간 쪽으로 기대섰다.

경치를 보는 눈이 좋은 건가. 아니면 그녀들의 미모가 너무 예뻐서 경치를 돋보이게 만드는 건가.

렌즈 안으로 들어온 그녀들의 웃는 모습이 배경과 너무나 잘 어울렸다.

"잘 찍었어요. 아마, 당신들이 찍은 사진 중에서 가장 예쁘게 나왔을 거예요."

"호호, 고마워요."

"어디서 왔어요?"

"스페인. 당신은요?"

"코리아."

"아, 코리아. 병웅이 있는 나라. 우린 코리아를 좋아해요."

"병웅 때문에?"

"그럼요. 갓 보이스는 우리가 세상에서 가장 좋아하는 사람이에요. 휴우, 며칠 후 여기서 병웅의 콘서트가 있는데 우린 아쉽게 표를 구하지 못했어요, 그래서 정말 슬퍼요."

원피스를 입은 여자가 안타까움을 숨기지 않으며 어깨를 들썩였다.

그러자, 옆에 있던 단발머리도 입술 끝을 올린 채 자신 역시 마찬가지라는 듯 양손을 들어 올렸다.

문화가 다르고 표현하는 방법도 다르지만, 그녀들의 마음이 고스란히 전달되는 행동이었다.

"언제까지 프랑스에 있을 건가요?"

"우린 내일 떠나요. 다음은 이탈리아로 갈 거예요."

"뭐 하는 사람들이죠?"

"회사원. 지금은 휴가 중. 우리는 10일간 휴가를 받고 투어를 하는 중이랍니다."

"하하… 한국 광고에 이런 말이 있어요. '열심히 일한 당신, 떠나라' 휴가란 참 좋은 거죠. 충전할 시간을 가질 수 있으니까요."

"당신도 휴가 중인가요?"

"아니, 난 여기에 일하러 왔어요. 하루 시간이 비어서 평소에 보고 싶었던 관광지를 돌아다니는 중이에요. 스페인은 하늘이 아름다운 곳으로 유명하죠?"

"맞아요, 스페인은……."

이런 게 여행의 즐거움이다.

모르는 사람들과 아무런 적대감 없이 대화를 할 수 있는 건 여행자들만이 누리는 특권이다.

정두영이 커피를 들고 다가온 것은 여자들과 스페인에 관해 한참 동안 이야기를 나누고 있을 때였다.

여자들과 함께 있는 걸 본 정두영은 떨떠름한 표정을 지었는데 어떻게 행동해야 할지 몰라 하는 모습이었다.

"뭐 해, 이쪽으로 와서 인사해. 여기는 스페인에서 온 한나, 그리고 이쪽은 소피."

"안녕하세요, 정두영입니다."

서당 개 3년이면 풍월을 외운다고 정두영이 어느새 제법 유창한 영어를 구사하며 인사를 했다.

하지만 그뿐.

정두영은 커피를 전해주며 열심히 그만 가자는 눈짓을 해댔다.

"혹시, 다음엔 어디로 가나요. 몽마르뜨 언덕은 가봤어요?"

"아뇨, 여기 보고 난 다음에 갈 생각이에요."

"그럼 같이 갈까요? 우린 차 있어요. 두 사람만 다니기에 심심했는데, 같이 가는 거 어때요?"

"에이, 그건 아니죠. 어떻게 처음 만난 사람을 따라가요. 호의는 고마운데, 그냥 우리끼리 갈게요."

"아쉽네요. 모르는 사람들과 함께한다는 건 참 즐거운 일인데 세상이 워낙 무서워져서 그런 낭만들이 사라졌어요."

"음… 그렇긴 하죠. 우린 그걸 두려워하는 거고."

"내가 막 납치하고 그런 사람처럼 보이는 건 아니죠?"

"당신, 선글라스를 쓰고 있어서 얼굴을 확인할 수 없어요. 잠깐 벗어볼 수 없어요?"

"왜요?"

"목소리가 너무 좋아서 얼굴을 보고 싶어요."

"싫어요."

"뭐가 그렇게 비싸요. 얼굴 한번 보여주는 게 어려워요?"

"그런 게 아니라… 선글라스를 벗으면 큰일 나거든요. 잘못하면 우린 에펠탑을 못 내려갈 수도 있어요."

"테러리스트예요?"

"그럴 리가."

"그럼 왜 못 내려가요?"

"내가 너무 잘생겨서 여기 있는 사람들이 전부 몰려들 거예요."

"우와, 말도 안 돼. 당신, 완전 자만감 가득 찬 왕자님이군요?"

이병웅의 말에 여자들이 깔깔거리며 재밌어했다.

그녀들의 생각에는 이병웅이 농담을 한 것이라 생각한 게 분명했다.

그럼에도 그녀들의 눈은 호기심이 점점 진해지고 있었다.

분명히 농담이었음에도 솜사탕처럼 부드러운 목소리를 지닌 이병웅의 얼굴을 확인해 보고 싶었기 때문이었다.

"벗어봐요. 정말 잘생겼으면 몽마르뜨 언덕까지 같이 가줄게요."

"정말 궁금해요?"

"흠, 보여주고 싶지 않으면 벗지 마세요. 우리도 꼭 보고 싶은 건 아니니까."

"화났어요?"

"화나긴요. 그렇다는 거죠."

"좋아요. 그럼 카메라 줘봐요."

"카메라는 왜요?"

"사실 내가 잘생겼다는 거 거짓말이에요. 대신 사진으로 남겨줄 테니, 우리 가고 나서 봐요. 괜찮죠?"

"못생겼으면 바로 지울 거예요."

"그건 알아서. 두영아, 이걸로 저쪽에서 사진 한 장 찍어."

"형님!"

"선글라스 벗을 테니 그냥 얼른 찍어."

이병웅이 카메라를 정두영에게 건네준 후 여자들과 등을 진 채 선글라스를 벗었다.

그 짧은 순간, 순발력 좋은 정두영이 사진을 찍었다.

"자, 여기 카메라. 약속해요. 우리가 저기 계단을 내려간 후 보겠다는 약속을 해줘요."

"부끄러워서? 아니면 우리가 욕하는 거 들릴까 봐?"

"하하… 둘 다."

이병웅이 카메라를 전해준 후 정두영과 함께 부지런히 계단 쪽으로 걸어갔다.

슬쩍 뒤돌아보니 여자들이 카메라를 만지작거리는 게 보였다.

이것들, 계단을 내려가면 보라니까.

"꺄악, 병웅… 이 사람, 병웅이지?"

"맞아, 병웅이야. 병웅이 분명해."

"병웅!"

여자들의 외침 소리에 사람들이 웅성거리며 모여들기 시작했다.

사람들은 병웅이란 고함 소리만 듣고도 부리나케 달려들었는데, 여자들의 고함 소리에서 이병웅이 여기에 와 있다는 걸 눈치챘기 때문이었다.

정신없이 에펠탑을 내려와 차로 이동한 후 몽마르뜨 언덕으로 향했다.

유희, 아니면 괜히 놀려주고 싶었던 장난기?

어떤 것이었든 즐거웠다.

아마, 그녀들은 정체도 알지 못한 상태에서 나누었던 대화들을 평생 잊지 못할 것이다.

그토록 유명했던 몽마르뜨 언덕은 뒷동산처럼 작은 동산에 불과했다.

화가들이 자릴 잡고 앉아 있는 광장, 햇볕이 따스한 카페에 앉아 마시는 커피, 성당의 종소리.

텔레비전에 나왔던 모든 장소를 걸었다.

이런 행복이 있음에도 그동안 하지 못했던 건 그가 지닌 명성과 인기가 너무 컸기 때문이다.

하나를 얻으면 하나를 잃게 된다는 진리는 세상이 존재하는 한 영원한 것인지도 모른다.

*   *   *

저녁까지 먹고 호텔로 돌아오자 김윤호가 안절부절못하는 모습으로 기다리다가 펄쩍 뛰며 달려왔다.

호텔 홀에는 20여 명의 '창공' 직원들이 전부 몰려 있었는데, 전부 초조한 기색이 역력했다.

"왜 이제 와!"

"8시밖에 안 됐어요."

"어이구, 넌 어째 다른 사람 생각은 안 하니? 너 때문에 스태프들이 전부 비상대기 하느라 밥도 못 먹었어."

"왜요?"

"전화를 해도 받지 않으니까 무슨 일 생긴 줄 알았잖아!"

"원래 놀러 나간 사람은 전화 안 받는 겁니다."

"으… 넌 지금부터 호텔에서 꼼짝도 하지 마. 다시는 외출 못 해!"

"내가 죄인입니까. 시간이 없어 루브르 박물관은 못 봤다고요."

"웃기지 마. 절대 안 돼. 쟤들 봐라, 너 어떻게 된 줄 알고 인터넷 뒤지고 경찰서 뛰어다니느라 난리도 아니었어. 야, 너 하나에 수백 명의 목숨이 달려 있다는 걸 왜 자꾸 잊어먹냐. 거기다 네 콘서트를 보려고 오랫동안 기다려 온 팬들은 어쩌고. 네가 무슨 일이라도 생기면 지구가 다 뒤집혀!"

"미치겠네. 제가 어린앱니까?"

"시끄러워!"

이병웅이 항의를 했으나 김윤호는 아예 상종하지 않겠다는 듯 급히 몸을 돌려 직원들이 서 있는 쪽을 향해 고함을 쳤다.

"야, 김 부장. 나 스태프들하고 밥 먹고 올 테니까 네가 애 좀 지키고 있어. 금방 먹고 올게."

"알겠습니다."

급히 뛰어온 김 부장이 급히 뛰어와 옆을 지켰다.

그러자, 김윤호가 고개를 절레절레 흔들며 교대하듯 직원들 쪽으로 뛰어갔다.

그 모습을 보며 이병웅이 웃었다.

급히 서두르는 걸 보니 밥도 제대로 먹지 못하고 돌아올 기세였다.

*　　　　*　　　　*

프랑스 공연은 스타드 드 프랑스 스타디움에서 열린다.

관객 수 75,000명을 수용하는 거대한 스타디움.

내일이면 이곳은 세계 최고의 인기 스타 이병웅의 콘서트로 인해 인산인해를 이루게 될 것이다.

하지만 오늘은 밴드와 스태프들 외에는 아무도 없었다. 이병웅이 이곳에 온 것은 내일 공연에 초청되어 온 두 사람의 연습 장면을 보기 위함이었다.

프랑스 공연에 참여하는 스타는 현재 프랑스에서 엄청난

인기를 얻고 있는 미녀 가수 에비 게일과 모든 프랑스인이 사랑한다는 여배우 에스더 가렐이었다.

에스더 가렐은 여배우임에도 상당한 노래 솜씨를 지닌 것으로 알려졌다.

그가 도착했을 때 에비 게일은 밴드와 함께 노래를 부르는 중이었다.

화려한 의상.

본무대가 아님에도 그녀는 색감이 화려한 재킷과 바지를 입었는데, 몸매가 고스란히 드러나는 것이었다.

한참을 기다려 연습을 끝내고 내려온 후에야 이병웅은 그녀를 향해 다가갔다.

매번 이런 식이었다.

콘서트 전날 '창공'이 초청한 스타들과 만나 인사를 나누고 같이 저녁 식사를 하는 게 관례가 된 지 오래였다.

"에비, 다시 만나서 반가워요. 제 공연에 함께해 주셔서 고맙습니다."

"아… 병웅. 오랜만에 뵙게 되네요. 늘 만나고 싶었어요. 가수로서, 그리고 여자로서."

에비 게일은 옆에 김윤호가 서 있었음에도 거리낌 없이 마음을 그대로 드러냈다.

프랑스 여자들은 개방적인 걸로 유명했는데 에비 게일도

마찬가지였다.

"노래 잘 들었어요. 매혹적인 목소리였어요."

"호호… 병웅에게 칭찬을 받다니 무척 기분이 좋네요. 우리 일단 반가우니까 포옹부터 할까요?"

허락을 얻자고 말한 게 아니라는 듯 그녀는 곧장 이병웅을 향해 손을 내밀며 다가와 몸을 맡겼다.

날씬한 몸매와 달리 풍성한 가슴이 느껴질 만큼 강한 포옹.

그녀는 이병웅의 허리를 감싸 안았는데, 김윤호가 헛기침을 하지 않았다면 떨어지지 않았을 것이다.

"상상만 했었는데 막상 안겨보니까 역시 좋네요… 음, 오늘 저 밥 사주실거죠?"

"그럼요, 도와주러 왔는데 당연히 사드려야죠."

"어디로 가면 되요?"

"그건 제가 말씀드리겠습니다."

에비 게일의 질문에 대신 김윤호가 나섰다.

그는 그녀를 데리고 이병웅과 떨어져 다른 곳으로 이동했는데, 주변에 있던 기자들을 의식한 것 같았다.

그때, 김 부장이 눈이 부시도록 아름다운 여자와 함께 들어오는 게 보였다.

금방 알아챌 수 있었다.

사진으로도 봤고, 그녀가 출연한 영화도 봤기 때문에 한눈에 알아볼 수 있었다.

에스더 가엘.

22살의 나이에 데뷔해서 영화배우가 된 후 할리우드까지 진출해 월드 스타의 반열에 든 여자였다.

현재 그녀의 나이 28살이었고, 최근에는 빅히트를 친 '히어로즈'에 출연해 많은 사랑을 받았다.

"에스더, 어서 오세요. 뵙게 되어 영광이에요."

"무슨 그런 말씀을… 제가 영광이죠. 당신의 콘서트에 함께할 수 있게 되어 정말 기뻐요."

그녀의 옷차림은 에비 게일과 대조될 만큼 단정했는데, 하얀색 블라우스에 청바지를 입은 모습이 무척이나 어울렸다.

"당신 영화는 빼놓지 않고 봤어요. 저는 당신의 팬이랍니다."

"정말인가요?"

"그럼요. 워낙 아름답고 연기를 잘해서 오래전부터 좋아했어요."

"어머……."

거짓말이다.

그가 본 영화는 최근에 개봉되었던 '히어로즈'뿐이었다.

그럼에도 거짓말을 한 건 그녀에 대한 예의이자 대화를 이어나가기 위한 기술이었다.

"히어로즈에서 막 악당을 물리칠 때 그 액션 장면이 너무 멋있었어요. 그거 진짜 에스더가 찍은 건가요?"

"연습하느라 고생 많이 했어요. 여기저기 다치기도 했고. 그런데 정말 괜찮았어요?"

"난 하늘에서 내려온 여전사인 줄 알았어요. 그래서, 에스더를 만나면 조심해야 되겠다고 생각한걸요. 내가 마음에 안 들면 막 때리고 그럴 수도 있잖아요."

"호호… 설마요."

단순한 농담에 그녀의 얼굴에서 햇살 같은 웃음이 피어났다.

그녀가 웃자 주변이 온통 환해지는 것 같았다.

그만큼 그녀는 압도적인 아름다움으로 주변을 제압하는 힘이 있었다.

다른 때 같았다면 그냥 사라졌을 것이다.

어차피 저녁에 만나 식사를 함께하는 것으로 계획되어 있으니 굳이 그녀의 무대에 따라 올라갈 필요가 없었다.

그럼에도 이병웅은 그녀와 함께 무대에 섰다.

"연습하는 동안 옆에서 지켜볼게요. 당신의 노래를 듣고 싶거든요."

"그러지 마요. 병웅이 지켜보면 잘 못 부를 것 같아요."

"편하게 불러봐요. 연습이니까."

그녀의 연습 시간은 꽤 오래 걸렸지만, 이병웅은 주변에 서서 연습이 끝날 때까지 기다려 주었다.

노래 실력은 뛰어났으나 가수가 아니었기에 어딘지 모르게 어색한 티가 났지만, 이병웅은 그녀가 노래를 끝낼 때마다 박수를 쳐줬다.

"정말, 잘했어요. 에비 게일이 초청되어 오는 건 알죠?"

"얘기 들었어요."

"난 두 사람 얼굴을 몰랐다면 당신이 에비 게일이라고 착각했을 겁니다. 정말 노래 잘하시네요."

"어휴, 왜 그래요. 자꾸만 그러면 부끄럽단 말이에요."

눈가에 가득 찬 웃음.

이병웅의 칭찬에 그녀의 얼굴이 붉어질 대로 붉어졌다.

그 모습을 보며 이병웅이 한 가지 제안을 했다.

"지금까지 난 다른 사람과 듀엣을 부른 적이 없어요. 하지만 에스더와는 함께 무대에 서고 싶네요. 어때요, 당신 무대가 끝나고 나와 함께 '버터플라이'를 부르지 않을래요?"

"정말요?"

에스더 가엘이 믿기지 않는다는 얼굴로 이병웅을 바라봤다.

이병웅은 지금까지 누구와도 함께 무대에 선 적이 없었기 때문이다.

만약 그녀가 가수였다면 지상 최고의 영광이었음이 분명했다.

이병웅 같은 대가수와 무대를 같이한다는 건 가수들에겐 꿈이었기 때문이다.

*　　　　*　　　　*

저녁 식사는 김윤호를 포함해서 단 네 사람만 참석했다.

식사를 하면서 주로 대화를 이끌어간 건 이병웅이었는데, 그는 콘서트와 자신의 이야기를 비롯해서 프랑스의 문화와 역사에 관한 것들을 주제로 올렸다.

아름다운 스타들이었으나 절대 그녀들에 대한 것들을 입에 올리지 않았다.

이런 자리에서는 사적인 질문이나 호기심을 나타내선 안 된다는 걸 너무나 잘 알고 있었다.

특히, 여자가 둘이라면 더욱 그렇다.

균형을 잡는다 해도 여자들은 서로를 비교 평가 하면서 어색한 분위기를 만들 수 있었다.

대신, 이야기 중간중간 재미있는 농담을 해서 그녀들이 유쾌하게 식사를 할 수 있도록 만들었다.

며칠 전 있었던 에펠탑 에피소드도 그런 것들 중 하나였다.

"정말 그 여자들 놀랐겠어요. 혹시 따라오지 않았나요?"

"번개같이 뛰어 내려갔어요. 아마, 100m 육상선수보다 빨랐을걸요."

"호호… 그 모습 상상만 해도 재밌어요. 병웅이 장난치고 도망가는 모습이라니… 만약 기자들이 있었다면 특종을 잡았을 거예요. 아깝다, 내 친구들 중에 기자들 많은데. 혹시, 다음에 그런 일 있으면 미리 알려줘요. 평생 공짜로 밥 얻어먹게."

"그러죠."

*　　　　*　　　　*

식사를 끝내고 자리에서 일어난 이병웅과 김윤호는 그녀들을 배웅했다.

배웅을 하는 동안 카메라 플래시가 별빛처럼 터졌다.

그들이 식사하는 동안 식당 밖에는 100여 명의 기자들이 몰려든 상태였다.

"잘 들어가고 내일 봐요."

"오늘 즐거웠어요."

"안녕."

에비 게일의 눈빛이 무언가를 갈구했으나 이병웅은 모른

체하며 그녀를 떠나보냈다.

그런 후 돌아서서 차가 있는 곳으로 걸어갔다.

"어쩐 일이야?"

"뭐가요."

"고양이가 생선을 그냥 두다니 별일이잖아."

"사장님 눈에는 내가 색마로 보입니까?"

"그럼 아냐?"

"색마가 아니라 로맨티스트입니다. 그리고 사장님도 알다시 피 내가 먼저 꼬신 적은 한 번도 없었어요."

"장해, 그래서 내가 부러워 죽겠어."

"빨리 가요. 기자들 따라붙어요."

발걸음이 빨라졌다.

여기서 잡힌다면 한동안 괴로울 테니 무조건 도망가는 게 상책이었다.

이미 정두영은 시동을 건 채 기다리는 중이었는데, 차가 출 발하자 십여 대의 차량이 따라붙었다.

그들은 이병웅의 모습을 한 컷이라도 더 찍을 수 있다면 지 구 끝까지 따라올 기세였다.

＊　　　＊　　　＊

이병웅은 호텔로 들어온 후 샤워를 하고 옷을 갈아입었다.

이 시간이면 기자들도 퇴근하고 집에 돌아갈 시간이었다.

시간은 12시가 넘었고 호텔 밖은 어둠에 젖어 고요했다.

'똑, 똑!'

조용하게 들려온 노크 소리.

기다렸던 사람이 왔단 뜻이다.

그랬기에 이병웅은 천천히 침대에서 일어나 문으로 향했다.

예상대로 룸 밖에는 에스더 가엘이 서 있었다.

사람의 이목을 피하려는 듯 모자를 깊게 눌러썼는데, 선글라스 대신 뿔테 안경을 착용해서 쉽게 알아볼 수 없도록 변장한 모습이었다.

"들어와요."

이병웅의 안내에 주춤거리며 에스더 가엘이 방으로 들어왔다.

"마실 거 줄까요?"

"주세요."

목이 탄 것일까. 그녀는 이병웅의 물음에 급히 고개를 끄덕였다.

나름대로 그녀에겐 엄청난 모험이었을 것이다.

그녀는 프랑스인들에게 가장 사랑받는 스타였으니, 늦은 밤 호텔로 남자를 찾아온 사실이 알려진다면 치명상을 입을 게 분명했다.

"나 여기까지 오면서 많이 떨렸어요."

"그랬을 거예요."

"그래도 용기를 내고 싶었어요. 당신과 함께 있고 싶었으니까."

"미안해요. 당신에게 부담감을 줘서."

"아뇨, 괜찮아요. 이렇게 당신과 둘만의 시간을 갖게 되었으니 이젠 아무런 상관없어요."

"고마워요."

모자를 벗자 그녀의 아름다운 얼굴이 그대로 드러났다.

정말 지금까지 만난 여자들 중 최상위 레벨에 속할 정도로 아름다운 여자였다.

천천히 다가가 그녀의 입술을 훔쳤다.

에비 게일처럼 직설적인 성격은 아니었지만, 그녀 역시 연예계에서 오랫동안 몸담아온 스타답게 이병웅의 행동에 따라 적극적으로 호응해 왔다.

잠자리를 할 때의 궁금증.

남자가 먼저 옷을 벗는 게 맞나, 아니면 여자의 옷을 먼저 벗기는 게 맞나?

단순한 머리를 가진 사람은 고민하겠지만 이병웅은 결코 그런 걸 고민하지 않았다.

누가 먼저 벗는 건 중요하지 않다.

어떻게 분위기를 잡고 여자를 흥분시키느냐가 가장 중요한 것이다.

이병웅의 키스는 길었고 그사이에 모든 것을 해결하는 스타일이었다.

키스를 하는 방법은 여러 가지가 있다.

입만 대는 바보가 있는 반면, 이병웅처럼 능숙하게 손을 놀리는 전문가도 존재한다.

이병웅은 키스와 동시에 옷을 하나씩 벗기며 그녀의 온몸을 터치했다.

그녀가 어디를 좋아하는지 알아채는 것은 몇 번의 터치면 충분하기에, 키스를 하는 동안 그녀의 목과 가슴, 그리고 옆구리를 중점적으로 어루만졌다.

점점 커지는 신음 소리.

소극적이었던 그녀의 팔이 목을 둘러왔고 동공은 어느새 살짝 풀렸으며 입에서는 단내가 흐르고 있었다.

그녀가 방으로 들어온 지 정확히 10분 만에 생긴 일이었다.

*　　　　*　　　　*

노래를 할 때마다, 자신을 향해 열광하는 사람들을 볼 때마다 전율이 솟구친다.

스타디움을 가득 채운 관객.

거의 10만에 달하는 관객들의 흥분과 열기는 사람들의 간극을 통해 전달되어 무대에 선 그를 행복하게 만들었다.

프랑스, 영국, 이탈리아, 그리스.

4개국에서 동원된 관객 수만 해도 30만에 육박했다.

마지막 스페인 공연까지 끝낸다면 그 숫자는 40만이 훌쩍 넘을 것이다.

언제나 그렇듯 그의 공연은 암표상이 판을 쳤다.

한화로 30만 원의 입장표가 500만 원까지 치솟았는데, 인터넷에서는 그것도 구하지 못한 팬들의 하소연이 줄을 이었다.

스페인도 마찬가지.

이제 그의 공연은 국경을 가르지 않는다.

공연이 있을 때마다 전 세계 팬들이 표를 구하기 위해 갖은 애를 썼기 때문에 경쟁률은 갈수록 치열해졌다.

이병웅은 공연 때마다 직접 적은 편지를 동봉해서 공연 티켓을 선물하는 행사를 했다.

물론 이벤트다.

팬들에게 주는 깜짝 선물이었는데, 인터넷에서 표를 구하지 못한 사람 중 특별한 사연을 가진 사람들을 선정했다.

당연히 이미지를 상승시키기 위한 전략이었지만, 불우한 환

경으로 인해 공연을 보지 못하는 사람들을 위한 배려이기도
했다.

*   *   *

로라는 식당에서 일을 마치고 집으로 터벅터벅 걸어갔다.

남편이 죽은 지 벌써 11년.

사랑했던 사람은 교통사고로 인해 어느 날 갑자기 자신의
곁을 떠났다.

하늘이 더없이 푸르렀던 5월, 큰아이의 생일날이었다.

아빠의 선물을 기다리고 있던 아이들은 웃음 대신 눈물을
선사받았고, 그때부터 그녀는 고통의 나날들을 보내야 했다.

여자 혼자 어린 딸들을 부양한다는 것은 정말 힘들고 괴로
운 일이었다.

그럼에도 열심히 살았다.

11년이란 시간 동안 안 해본 것이 없을 정도로 딸들을 위
해 희생하며 뼈마디가 부서지도록 일을 했다.

도대체 이 고통은 언제 끝난단 말인가.

고등학교에 다니는 딸들은 가난한 집안 형편에 좌절하며 방
황의 세월을 보내고 있었다.

죽을 수만 있다면 죽고 싶었다.

허름한 집.

야근을 끝내고 돌아오면 집은 언제나 엉망이었고, 집안일을 하다 보면 어느새 자정이 훌쩍 넘었다.

하루 15시간을 일했지만 언제나 형편은 나아지지 않았다.

그럼에도 그녀를 버티게 해준 건 남편의 목소리를 닮은 이병웅의 노래를 듣는 것이었다.

그의 노래는 모든 게 좋았다.

희망을 잃어버린 그녀에게 사랑을 속삭여 줬고, 기운을 내라며 힘을 북돋아주었다.

집에 돌아와 문을 열자 냉장고 문을 연 채 물을 마시고 있는 큰딸의 모습이 보였다.

엄마가 왔음에도 큰딸은 일부러 무시하려는 것처럼 문을 소리 나게 닫으며 제 방으로 들어갔다.

왜 그러니.

내가 너한테 무슨 죄를 그리 지었다고 엄마한테 인사도 하지 않는 거야.

한참을 우두커니 서서 가슴을 만졌다.

아프다, 너무 아프다.

그럼에도, 그렇다 해서 딸에게 화를 낼 수는 없었다.

모든 것은 능력 없는 자신과 가족들을 두고 떠나 버린 남편의 부재에서 비롯된 것이었다.

작은 거실과 주방은 딸들이 어질러 놓은 쓰레기와 물건들로 가득 차 있었다.

대충 옷을 벗고 청소를 하기 시작했다.

그러다, 식탁 위에 놓여 있는 봉투를 발견한 후 고개를 갸웃거렸다.

봉투에는 이상한 주소가 적혀져 있었는데, 카드 대금을 내라는 독촉장과 다르게 꽤나 고급스럽게 보였다.

봉투를 열고 속에 있는 것을 꺼내자 여러 개의 내용물이 나왔다.

뭔가 잘못되었다.

분명히 봉투에는 자신에게 온 것으로 되어 있었는데, 곱게 접은 편지는 큰딸의 이름이 적혀 있었던 것이다.

"이사벨, 이사벨!"

두 번이나 불렀음에도 큰딸이 대답을 않자 로라는 의자에서 일어나 방으로 향했다.

"이사벨, 이거 아무래도 네 것 같아. 너에게 편지가 왔어"

"거기 놓고 나가!"

"이사벨⋯⋯."

아무 말도 할 수 없었다.

큰딸의 반항이 시작된 것은 고등학교에 들어오면서부터였는데, 그때부터 큰딸은 불량한 애들과 어울려 다녔다.

처음에는 훈계도 하고 여러 번 울기도 했지만 아무런 소용이 없었다.

큰딸이 방황하는 이유를 너무나 잘 알았고 그것은 그녀가 도저히 해결할 수 없는 것이었다.

봉투를 전해주고 다시 식당으로 돌아와 남은 쓰레기를 치웠다.

괜히 눈물이 났으나 애써 참으며 부지런히 돌아다녔다.

얼마나 시간이 지났을까.

영원히 닫힌 채 열릴 것 같지 않았던 방문이 열리며 큰딸이 모습을 드러낸 것은 그녀가 쓰레기봉투를 들고 문으로 걸어갈 때였다.

"엄마, 내가 잘못했어. 내가… 잘못했어……."

"왜 그러니!"

너무 놀라 달려와 큰딸의 몸을 끌어안았다.

이사벨은 양손에 종이를 쥔 채 끝없이 눈물을 흘리고 있었다.

"엄마가 고생하는 거 아는데… 그게 더 날 미치게 만들었어. 차라리 엄마가 좋은 남자 만나서 결혼을 했더라면 나는… 엄마, 정말 미안해."

딸의 손에 들려 있는 종이를 빼앗았다.

이사벨의 행동은 그 종이가 원인이라는 판단 때문이었다.

편지를 읽는 순간 너무 놀라 기절할 것만 같았다.

편지는 이병웅이 보낸 것이었고, 딸아이를 향해 엄마를 잘 보살펴 주라는 내용이 절절히 적혀 있었다.

그리고 3장의 공연 티켓.

티켓을 확인한 그녀의 눈에도 눈물이 흐르기 시작했다.

그녀의 인생에서 다시는 행복할 일이 없을 줄 알았는데, 이런 일이 생겼다.

공연 때마다 팬들을 선정해서 공연 티켓을 나눠준다는 인터넷 글을 읽고 넋두리 삼아 적었던 것이 이런 행운을 가져다준 게 분명했다.

*   *   *

산티아고 베르나부도.

레알 마드리드의 홈구장으로 10만 명을 수용할 수 있을 만큼 거대한 규모를 자랑하는 구장이었다.

이번 공연에 입장하는 관객 수는 13만 명으로 유럽 콘서트 중에서 규모가 가장 컸다.

이병웅은 전 세계 팬들에게 영웅으로 불렸다.

이렇게 많은 사람들로부터 사랑을 받는 건 그가 하는 행동 하나하나가 존경을 받기에 충분했기 때문이었다.

그는 공연으로 벌어들인 돈의 대부분을 불우한 사람들에게 돌려주었고, 수시로 미담을 만들어내 사람들에게 희망을 주었다.

누군가를 좋아하는 이유는 많다.

그 반대로 싫어하는 이유도 상당히 많은데, 유명한 스타일수록 그 이유는 훨씬 많아진다.

하지만 이병웅에 대해서는 안티가 거의 없었다.

여자들에게 압도적인 인기를 끌고 있었지만 특별히 그런 이유로 남자들조차 싫어하지 않았다.

그가 보여주는 배려와 예의는 어떤 스타에게서도 볼 수 없을 만큼 겸손했으며 탁월했기 때문이었다.

"이제 마지막이야. 병웅아, 잘해."

"늘, 하던 대로 사장님을 위해 최선을 다하겠습니다."

"얘가 왜 이래. 누가 들으면 내가 악덕 사장인 줄 알겠네."

"아닌가요?"

"내가 뭘 어쨌는데!"

"맨날 동물원 원숭이처럼 호텔에 가둬놓았잖아요. 돈 벌 때만 무대에 내보내고."

"그거야… 아니다, 내가 잘못했다. 다 내가 악덕 사장이라서 그래."

"이제야 인정하시네."

이병웅이 활짝 웃자 김윤호의 얼굴이 똥 씹은 것처럼 변했다.

하지만 그는 곧 들고 있던 가죽점퍼를 이병웅에게 입히며 긴장의 끈을 놓지 않았다.

무대로 들어가는 입구에서는 스태프가 준비가 끝났다는 사인을 계속해서 보내고 있었다.

"이제 나가야 돼. 병웅아, 재밌게 실컷 놀다 와."

"알았습니다."

*   *   *

거대한 북소리와 함께 무대를 밝히고 있던 조명과 거대한 스크린이 꺼졌다.

그런 후 무대에 올라온 이병웅이 마이크를 들고 관객들을 향해 고함을 질렀다.

"여러분, 지금부터 공연을 시작하겠습니다. 오늘 공연의 주제는 환상입니다. 여러분, 저와 함께 영원히 잊지 못할 환상의 세계로 갑시다. 준비되었습니까. 레츠, 고!"

번쩍.

모든 조명이 꺼진 상태에서 불빛 하나가 날아와 이병웅의 모습을 비췄다.

그에 맞춰 강렬한 비트의 반주가 터져 나오기 시작했다.

그의 노래 중에서 가장 빠르고 역동적인 노래 '불야성'의 전주였다.

야광등을 켠 13만 명의 관객들이 이병웅의 노래에 맞춰 펄쩍펄쩍 뛰기 시작했다.

장관.

어둠 속에서 빛나는 별 무리들.

사람들의 움직임에 맞춰 야광봉이 흔들리는 모습은 우주에 떠 있는 모든 별들이 한꺼번에 춤추는 것처럼 여겨졌다.

이병웅은 그렇게 콘서트의 포문을 연 후 자신의 주옥같은 히트곡들을 연이어 불렀다.

지금까지 빌보드 톱을 석권한 그의 노래는 모두 합해 11곡이었으니, 이젠 다른 가수의 노래를 부를 이유가 없었다.

밀애의 기운이 최고조에 달한 지금.

그의 노래는 단순한 노래를 넘어 마력을 뿜어내고 있었다.

끝없이 창공을 향해 뿜어지는 고음, 마디마디에서 꺾이고 돌려지는 기교, 노래가 가지고 있는 감성을 나타내는 표현력은 예술의 경지까지 올라서 있었다.

축제의 한마당.

그의 노래가 사랑을 속삭일 때면 관객들은 옆 사람의 어깨를 끌어안은 채 눈을 감았고 슬픔을 표현할 때면 아낌없이 눈물을 흘렸다.

그러나 가장 즐거운 건 역시 이병웅이 빠른 템포의 록을 부르며 무대를 휘저을 때였다.

관객들은 방방 뛰며 흥겨움을 숨기지 않았다.

빽빽하게 들어찬 관객들은 그의 노래를 따라 부르며 마음껏 고함을 질렀다.

2시간의 공연은 순식간에 지나갔고 이병웅의 몸은 땀으로 흠뻑 젖었다.

혼신을 다해 노래하고 춤추었기 때문에 여러 번 닦았으나 여전히 그의 얼굴엔 땀방울이 그득했다.

"여러분, 즐거우셨나요?"

"예!"

"이제 제 공연은 마지막 곡만 남겨놓은 상태입니다. 하지만 노래를 하기 전에 여러분께 소중한 분을 소개시켜 드리겠습니다. 신비롭고 아름다우며, 고결함을 가진 여인. 스페인 국민의 사랑을 한 몸에 받고 계신 레오노르 공주님이십니다."

"우와!"

사람들은 이곳에 그들이 사랑하는 레오노르 공주가 와 있다는 걸 몰랐던 것 같았다.

그랬기 때문인지 이병웅의 소개가 끝나자 관객들은 공주의 이름을 연호하며 함성을 멈추지 않았다.

당황한 건 VVIP석에 앉아 있던 레오노르 공주도 마찬가지였다.

그녀는 이곳에 정체를 숨긴 채 왔다.

'창공' 쪽에는 입장 티켓을 부탁하느라 알려주었지만 정체를 노출하지 말아달라는 부탁을 했었다.

국민들 모르게 이병웅의 콘서트를 즐기기 위함이었다.

하지만 이미 늦었다.

관객들의 열화와 같은 함성을 들었으니 끝까지 정체를 숨긴 채 나서지 않는다는 건 예의에 어긋나는 짓이다.

레오노르 공주가 자리에서 일어나 무대로 향해 걸어가자 관객들의 함성 소리가 절정으로 치달았다.

이병웅은 무대로 올라오는 레오노르 공주를 향해 허리를 숙여 인사한 후 그녀를 마이크 앞으로 이끌었다.

"여러분, 사실 저는 오늘 커다란 결례를 범했습니다. 레오노르 공주님께서는 여러분들이 부담 가지실까 봐 조용히 관람하다 돌아가실 예정이었습니다. 그런데, 제가 그런 공주님의 배려를 깨뜨린 거죠. 그러나 저는 여러분들이 사랑하는 공주님을 그냥 돌려보낼 수 없었습니다. 왜냐하면, 공주님은 무대에 서는 것만으로도 여러분의 자랑이기 때문입니다. 그렇지 않나요?"

"맞아요!"

관객들의 반응에 레오노르 공주가 우아한 미소를 지으며 손을 들어 답례를 했다.

그녀는 막상 무대에 오른 후에는 공주로서의 품위를 한껏 나타내며 정숙한 모습을 유지하고 있었다.

노래에 맞춰 펄쩍펄쩍 뛰던 모습과는 완전히 상반된 모습.

"공주님, 무례를 용서해 주십시오."

"아니에요. 이렇게 늦게라도 국민들께 인사드릴 수 있어서 기쁘게 생각해요."

"오늘, 공연 즐거우셨나요?"

"그럼요, 제 평생 가장 즐거운 날이었어요."

"이제 공연은 한 곡만 남았을 뿐입니다. 혹시 공주님께서는 어떤 곡을 부를지 알고 계신가요?"

"글쎄요… 제 생각엔 병웅의 노래 중 제일 신나는 '하늘 끝까지'를 부를 것 같아요."

"어떻게 아셨어요. 공주님은 혹시 예언가 아니세요?"

"피이, 병웅 노래 중에서 남은 건 그것밖에 없잖아요."

"하하… 혹시 '하늘 끝까지' 좋아하시나요?"

"요즘 들어 가장 많이 듣고 있는 곡이에요. 혼자 있을 때면 흥겹게 따라 부를 정도로 좋아한답니다."

"그렇다면 같이 부르실까요?"

"예?"

이병웅이 제의에 레오노르 공주가 기겁을 했다.

무대까지 올라온 것도 커다란 용기를 낸 건데, 같이 노래를 부르자는 말을 듣자 당황함을 감추지 못했다.

그때, 관객들이 다시 한번 천둥처럼 함성을 내질렀다.

부디… 국민들을 위해 노래를 불러달라는 요청이었다.

"어쩔수 없군요. 하지만 전 노래는 잘 못 불러요."

"괜찮습니다. 저를 따라 그냥 신나게 부르면 돼요, 자, 그럼 가볼까요. 드럼 갑시다!"

바바바앙… 퉁퉁… 두두둥…….

이병웅의 외침과 동시에 드럼 소리가 요란하게 터져 나왔고 베이스와 리드기타, 세컨기타가 불을 뿜었다.

압도적인 사운드.

이병웅이 레오노르 공주의 앞에서 뛰기 시작한 것은 전주가 끝나고 노래가 시작될 때부터였다.

자연스럽게 손을 잡았다.

함께 춤을 추면서 노래를 불렀는데 시간이 지날수록 레오노르 공주의 얼굴은 점점 달아오르고 있었다.

제36장
제2차 전쟁

　김윤호는 무대 밖에서 공연이 끝나가는 걸 보며 안도의 한숨을 짓고 있었다.

　이제 마지막 곡이 끝나면 또 한 번의 대장정이 막을 내린다.

　이번 공연을 통해 그가 얻는 수익은 정확히 계산해 봐야 되겠지만, 대략 200억 정도로 추정된다.

　물론 인건비와 제경비는 별도였으나 한 번의 콘서트라는 것을 감안한다면 그 어떤 기획사도 상상하지 못할 금액이었다.

역시 이병웅은 대단하다.

콘서트 내내 관객들을 그냥 두지 않았는데, 흥분의 도가니로 몰아넣는 무대연출은 단연 최고 중의 최고다.

그뿐인가.

노래를 부를 때면 광기마저 느껴질 정도였다.

시간이 지날수록 그의 노래에는 어떤 혼 같은 게 쏟아져 나오는 것 같았다.

편안하게 웃음 짓던 얼굴이 사색으로 변한 건 이병웅이 레오노로 공주를 호명했을 때였다.

"저 미친놈이!"

아이고, 큰일 났다.

왕궁 비서실에서는 레오노로 공주가 콘서트에 왔다는 걸 절대 비밀로 해달라며 신신당부했는데, 그것을 깨버렸으니 눈앞이 깜깜해졌다.

레오노르 공주가 무대로 불려 나왔고 심지어 춤추며 노래하는 광경을 보면서 그의 눈은 찢어질 듯 커져만 갔다.

갈수록 태산이다.

무대에 오른 것만도 큰일인데 춤과 노래까지 시켰으니 왕궁에서 따진다면 입이 열 개라도 할 말이 없었다.

*　　　　*　　　　*

"야, 너 청개구리냐. 알은체도 하지 말랬잖아!"

"너무 예뻐서요. 나만 보기 아까울 정도로."

"어이구!"

"그래도 좋았잖아요. 공주님도 상당히 즐거워하던 거 못 봤어요?"

"으… 내가 너 때문에 미치겠다, 이 웬수야. 너 죽고 나 죽자!"

김윤호가 불쑥 다가서며 이병웅의 목을 졸랐다.

그때, 대기실 문이 열리며 정장을 입은 남자가 들어오는 게 보였다.

김윤호의 얼굴이 허옇게 변했다.

사무실로 직접 찾아왔던 남자. 왕궁의 비서실장이란 직책을 지녔는데, 한국으로 봤을 땐 장관급이라 들었다.

처벅, 처벅.

왕궁 비서실장이 걸어오자 묵직한 발소리가 들려왔다.

일반 구두와는 전혀 달랐고 위압감이 저절로 들게 만드는 소리였다.

"실장님, 죄송합니다. 이 친구가 흥에 겨워 그만 실수를 한 것 같습니다."

"이미 벌어진 일인데 어쩌겠소. 내가 온 건 그것 때문이 아닙니다."

"그럼 어쩐 일로……?"

"공주님께서 병웅과 잠시 대화를 나누고 싶어 하세요. 저야, 극구 말렸지만 고집을 피우시네요. 어쩌면 좋겠습니까. 저는 병웅이 거절했다고 말했으면 좋겠는데?"

무슨 뜻인지 금방 알아챘다.

공주의 성화에 의해 어쩔 수 없이 왔지만, 거절을 해달란 뜻이었다.

그랬기에 김윤호는 즉각 다른 일정이 있어 안 된다는 말을 하려 했으나, 찰나의 타이밍에 절묘하게 이병웅이 끼어들었다.

"장소가 어디죠?"

"야, 너… 미쳤어?"

"잠깐만 기다려 봐요. 실장님, 어디서 기다리시는지 알려주시면 시간에 맞춰 제가 가겠습니다."

"당신, 방금 공연을 끝냈는데 정말 갈 생각입니까. 다시 말씀드리지만 바쁘면 오지 않아도 됩니다."

"아뇨, 갈 수 있습니다. 샤워만 하면 아무런 문제 없어요."

"휴우, 그렇다면 1시간 후에 왕궁으로 와주십시오. 제가 먼저 가서 기다리고 있겠습니다."

* * *

스페인 마드리드 왕궁은 2,800개의 방이 있을 만큼 거대한 규모를 자랑했다.

왕궁에 도착했을 때 비서실장이 나와 있었는데 불편한 기색이 역력했지만, 이병웅은 모른 체하면서 그를 따라 공주가 기다리는 곳으로 향했다.

돌고 돌아 도착한 곳은 화려한 장식과 그림이 걸려 있는 방이었다.

공주의 전용 접견실.

"어서 와요."

기다리고 있던 레오노르 공주가 자리에서 일어나 반갑게 맞아주었다.

그녀는 어느새 스페인 왕가의 전통 복장을 입고 있었는데 마치 영화의 주인공처럼 아름다웠다.

"공주님께서 부른다는 말을 듣고 한걸음에 달려왔습니다. 그렇게 입으시니까 정말 공주님이시네요."

"호호… 저는 사실 이런 옷보다 아까처럼 편한 옷이 좋아요. 그리고 궁전에서도 이런 옷은 특별한 경우가 아니면 입지 않는답니다."

"오늘은 특별한 날인가요?"

"그럼요, 갓 보이스를 초청했잖아요."

"영광이군요. 그런데 왜 저를 보자고 하신 거죠?"

"제 생에 가장 즐거운 날을 선물해 주셔서 정식으로 고맙다는 인사를 드리고 싶었어요. 그리고 사실, 병웅을 가까운 곳에서 보고 싶었어요."

비서실장은 안내를 해주고 나갔지만 차를 가져온 시녀들과 집사로 보이는 남자가 자리를 지켜 방에는 무려 7명이나 있었다.

다른 짓을 하기엔 터무니없는 환경이었고 처음부터 그럴 생각조차 하지 않았지만, 대화하는 것 자체가 불편한 분위기였다.

공주와 30여 분간 대화를 나눴다.

콘서트에서 불려 나왔을 때의 상황을 말하며 공주는 떨리는 걸 간신히 숨기느라 고생한 것과 자신의 노래 솜씨가 형편없다는 말을 했다.

그리고 궁전 생활과 그녀에 관한 이야기들을 나눴다.

그녀는 궁전 생활이 외로웠는지 30분이 넘었음에도 궁금했던 것을 계속 물으며 이병웅을 쉽게 보내주려 하지 않았다.

결국 그가 자리에서 일어선 것은 그를 안내했던 비서실장이 다시 들어오고 난 후였다.

벌써 시간은 11시가 훌쩍 넘어 있었다.

"잠깐만요. 제가 병웅에게 줄 선물이 있어요."

이병웅이 일어서자 공주가 급히 시녀에게 뭔가를 가져오란 신호를 보냈다.

시녀가 가져온 것은 상자에 담긴 원형 거울이었는데 주변이 온통 금은보석으로 장식된 것이었다.

"비서실장님, 그리고 당신들, 잠깐 나가 있어요."

"안 됩니다. 공주님을 두고 나갈 수 없습니다."

비서실장이 완강하게 거부했다.

그러자 레오노르 공주의 표정이 완강하게 변했다.

"사람들이 없는 곳에서 내가 병웅에게 할 말이 있어요. 1분이면 되니까 잠깐 나가주세요."

"공주님!"

"실장님, 저를 위해서 그렇게 해주시면 안 되나요?"

간절한 표정.

세상 그 어떤 사람도 공주의 표정을 보고 거절하지 못했을 것이다.

어쩔 수 없다는 듯 비서실장과 방 안에 있던 사람들이 전부 나가자 공주가 한걸음 다가와 병웅의 손을 잡았다.

"난 외롭게 자랐어요. 그런데 병웅의 노래를 알게 된 후 삶이 행복해졌어요. 정말 고마워요."

"감사합니다."

"이 거울을 드리는 이유는 거울을 볼 때마다 제 생각을 해

달라는 의미가 담겨 있어요. 비록 다시 만날 수 없겠지만 병
웅의 기억 속에서 저를 꼭 남겨주길 바랄게요."

"그렇게 해서는 공주님도, 저도 잊지 못할 추억이 안 될 겁
니다."

말을 끝낸 후 이병웅은 불쑥 다가가 레오노르 공주의 허리
를 껴안았다.

그런 후 그녀가 눈을 감는 순간 깊고 깊은 키스를 선사했
다.

남자와 여자의 관계는 이 정도가 되어야 강렬하게 기억에
남아.

그러니, 당신.

내 키스의 감촉을 기억하면서 영원히 나를 잊지 마.

＊　　　　＊　　　　＊

모건 스탠리의 피터 존슨은 대일증권의 김윤환을 만나기
위해 여의도로 향했다.

한국의 월가인 여의도는 증권맨들로 득실거렸는데 저녁이
되면 근처 식당을 예약하기 힘들 정도로 북적였다.

피터 존슨은 직원들이 예약해 놓은 일식집 '긴자'로 들어가
자리를 잡았다.

평소 같으면 절대 이런 짓을 하지 않는다.

한국의 증권사들은 그의 밥이었기 때문에 먼저 식사를 하자고 제의한 경우는 지금까지 한 번도 없었다.

김윤환이 들어온 것은 그가 자리를 잡고 앉아 마담이 가져온 차를 마시며 핸드폰을 보고 있을 때였다.

"어이구, 먼저 오셨군요. 오래 기다리셨습니까?"

"아닙니다. 저도 방금 왔습니다. 앉으시죠."

반갑게 악수를 한 후 김윤환이 자리에 앉자 피터 존슨이 너스레를 떨면서 안부 인사를 물었다.

"그래, 요즘 근황은 어떠십니까?"

"저야, 잘 지내고 있습니다. 골프가 안 되는 것 빼고는 괜찮습니다."

"언제 같이 라운딩 하시죠?"

"하하… 좋습니다, 피터와의 라운딩이라면 언제든 환영합니다."

두 사람이 마주 앉아 오래된 친구처럼 세상 돌아가는 이야기를 나눴다.

상이 차려졌고 그 위에는 싱싱한 회와 술이 담긴 주전자가 놓였다.

식사를 하면서 그들은 한동안 헛된 이야기로 시간을 보냈다.

피터 존슨이 본론을 말하기 시작한 것은 주전자의 술이 거의 떨어져 갈 때였다.

"김 사장님, 저번에 대일 쪽 손실이 컸죠?"

"그거야 뭐… 일하다 보면 늘 생기는 거 아니겠습니까?"

"그 정도가 아닐 텐데요. 제가 아는 것만 해도 대일에서 물려 있는 게 5천 억이 훌쩍 넘습니다. 안 그런가요?"

피터 존슨의 반짝이는 눈을 보면서 김윤환이 웃음을 거뒀다.

이 새끼 봐라.

정확하게 알고 있었다.

저번 전쟁에서 패하며 선물 옵션과 주식 등에서 물린 돈이 정확하게 5,200억이었다.

"피터는 남의 회사 재무도 체크하는 모양입니다. 혹시 우리 회사에 심어놓은 정보원이라도 있는 겁니까?"

"그건 중요하지 않죠. 중요한 건 우리가 물린 돈을 찾아야 된다는 겁니다. 모건 스탠리 역시 상당한 금액을 물려 있는 상태예요. 솔직히 말하죠. 우리는 3조가 물려 있고, 그때 우리 쪽에 가담한 세력이 물린 돈을 전부 계산하면 20조 가까이 됩니다. 대일까지 포함해서 말이죠."

"그래서요?"

"모건 스탠리에서는 물린 돈을 환수할 생각입니다. 그래서 김 사장님을 모신 겁니다. 어차피 대일 쪽도 피해를 봤으니 우리와 다시 한번 손을 잡는 게 어떻습니까?"

"음… 그건 조금 고민을 해봐야 될 것 같습니다."

김윤환이 슬쩍 발을 뺐다.

증권사 사장단 회의에서 제우스의 정설아가 경고한 내용이 머릿속을 꽉 채우고 있었기 때문이었다.

그럼에도 회가 동하는 건 사실이다.

그들이 물려 있는 돈은 5,200억이었고, 어제 날짜로 계산했을 때 정확히 1,200억의 손실을 입은 상태였다.

공매도를 때려 손실 본 것과 선물 옵션을 전부 합한 금액이었다.

대일증권이 아무리 재정이 탄탄하다 해도 그 정도의 손실을 입게 되면 대미지가 온다.

물론 상당 금액은 고객들의 자금이었으나, 대일증권에서 직접 운영하는 자금도 500억이나 되었기 때문에 티를 내서 말은 안 했지만 속이 새까맣게 타 있는 상태였다.

피터 존슨은 김윤환이 슬쩍 뒤로 물러서자 하얀 이를 드러내며 웃었다.

그가 무슨 생각을 하고 있는지 정확하게 아는 행동이었다.

"제우스 쪽에서 앞으로 선물 옵션 시장을 축소시키겠다고 하더군요. 사실입니까?"

"그렇습니다. 피터는 대일증권뿐만 아니라 증권 협회에도 스파이를 심어놓은 모양이죠?"

"한국의 선물 옵션 시장을 축소시키면 우리도 그렇지만 증권사들 역시 상당한 타격을 입게 될 거예요. 그동안 증권사의 이익 반이 거기서 나왔는데, 선물 옵션 시장을 죽인다는 게 말이 된다고 생각하시오."

"후우… 본론을 말씀하세요. 빙빙 돌리지 마시고."

"이번에 우린 30조의 총알을 준비했습니다. 모건 스탠리 본사에서 직접 지원된 금액입니다. 거기다, 외국계 동맹 세력까지 가담하면 최대 70조 이상이 될 겁니다. 이래도 우리와 함께하지 않겠습니까?"

이, 미친…….

피터 존슨의 말을 듣는 순간 김윤환의 얼굴이 허옇게 질렸다.

이건 단순히 저번 전쟁에서 손해 본 것을 복구하려는 정도가 아니다.

모건 스탠리를 비롯해서 외국계 금융 세력은 제우스가 때려잡으려는 한국의 선물 옵션 시장을 살릴 생각인 것 같았다.

이유는 뻔하다.

한국의 선물 옵션 시장이 예전처럼 돌아가야 언제든지 곶감 빼 먹듯 수익을 올릴 수 있기 때문이다.

그의 머리가 번쩍이며 돌아갔다.

피터 존슨의 말이 사실이라면 아무리 자본력이 튼튼한 제우스라도 그들의 공격을 막아내기 힘들 것 같았다.

그럼에도 쉽게 대답할 수 없었다.

'제우스'는 금융시장에서 이미 신화적인 존재로 자리매김한 자들이다.

확인해야 된다.

그렇지 않고 섣불리 덤볐다가는 이전보다 훨씬 커다란 피해를 입을 수도 있었다.

*   *   *

정설아는 문을 열고 들어오는 김윤환을 바라보며 반갑게 맞아들였다.

여우가 먹잇감을 찾아 들어오는 모습.

그럼에도 정설아는 그를 소파에 앉힌 후 손수 커피를 따라 주었다.

"사장님, 오랜만이에요."

"여전히 정 사장님은 아름다우십니다. 세월도 정 사장님은 피해 가나 보군요."

"감사해요. 김 사장님도 건강하세요. 누가 김 사장님을 환갑이라 보겠어요?"

"어이쿠, 늙었다고 흉보는 것 같습니다."

김윤환이 너스레를 떤 후 커피 잔을 입으로 가져갔다.

그런 후 사무실이 좋다는 둥, 제우스의 신화적인 투자 방법을 배우고 싶다는 둥 괜한 헛소리를 하며 시간을 끌었다.

막상 본론을 꺼내기엔 해야 할 말이 껄끄러웠기 때문이었다.

먼저 입을 연 것은 정설아였다.

그의 행동으로 봤을 때 쉽게 입을 열지 못할 것 같았다.

"어쩐 일로 오셨어요. 갑자기?"

"드릴 말씀이 있어서……."

"모건 스탠리 말씀이시죠?"

"아니, 정 사장님이 그걸 어떻게… 음, 저보다 먼저 다녀간 사람들이 있는 모양이군요."

여우답게 상황 판단이 빠르다.

그는 정설아의 반문을 듣는 순간 증권사 사장 중에 누군가가 먼저 다녀갔다는 걸 직감했다.

정설아는 숨기지 않았다.

어차피, 용건은 명확했고 숨겨봤자 상황이 변하는 건 없었다.

"맞아요, 벌써 두 분이나 다녀가셨어요. 그분들은 모건 스탠리의 제안을 솔직하게 말씀하시면서 제우스의 입장을 듣고 싶다더군요. 사장님도 그걸 듣고 싶어서 오신 거겠죠?"

"…그렇습니다."

"생각하신 게 있을 텐데요?"

"그럴 리가요. 회사를 운영하는 입장에서 돌다리도 두들기며 걸어야 하지 않습니까. 그렇게 이해해 주십시오."

"저번에 저는 분명히 사장님들께 말씀드렸습니다. 저희 제우스는 무슨 일이 있어도 지금의 선물 옵션 시장을 손볼 생각입니다. 물론 완전히 없앤다는 건 아니에요. 외국계 금융 세력이 장난칠 수 없도록 축소시키겠다는 거죠. 모건 스탠리가 준비한 자금이 70조라고 하죠?"

"저도 그렇게 들었습니다."

"그래서 흔들리셨나요? 우리 제우스가 전쟁에서 질까 봐?"

"사실 불안하긴 합니다. 아시겠지만 저희들은 저번 일로 커다란 타격을 입었습니다. 제우스를 믿지 못하는 건 아니지만, 만약 이번에 그들이 이긴다면 우린 정말 회복 불능의 대미지를 입을 수 있어요."

"우리가 이긴다고 장담하면 그들 편에 서지 않으실 건가요?"

"그거야, 당연히……."

"그럼 그렇게 하세요. 저번 일로 손해 본 건 저희가 만회하도록 도와드리겠습니다."

"정말 이길 수 있는 겁니까?"

"70조. 동원하라고 하세요. 그들이 70조를 동원한다면 우린 100조를 동원할 겁니다. 100조를 동원하면 200조를 동원할 거고. 그 이상이라도 언제든지 전쟁할 준비가 되어 있어요. 그러니, 사장님은 안심하시고 돌아가세요."

정설아의 자신감에 김윤환이 긴 신음을 흘렸다.

말이 100조지, 어떤 자가 그런 자금을 동원할 수 있단 말인가.

더군다나 제우스는 미국과 중국에 자금이 분산되어 있었고 그건 한국 시장에도 마찬가지였다.

그럼에도 왠지 빈말이 아닌 것처럼 느껴졌다.

1차 전쟁에서 느꼈지만 제우스의 역량은 외국인을 압도하고 있었다.

"실례지만, 저희는 확신이 필요합니다. 그만한 자금이 어디서 나오는지 말씀해 주실 수 없겠습니까?"

"영업비밀을 전부 토해내란 말인가요?"

"그게 아니라, 너무 엄청난 금액이라……."

"그냥 믿으세요. 그러면 사장님께 좋은 일이 있을 거예요."

"알겠습니다. 그러면 저희가 도와드리지 않아도 될까요?"

"우리 제우스만으로도 충분합니다. 그리고 모건 스탠리한테는 그냥 빠지겠다고 하세요. 고래 싸움에 끼지 않겠다고 하면 알아들을 겁니다."

"하아, 알겠습니다. 그럼 그렇게 알고 돌아가겠습니다."

마치 백 년 묵은 돌덩이를 내려놓은 듯 가뿐하게 일어서서 문을 나서는 김윤환의 모습을 보며 정설아는 하얀 이를 드러냈다.

이렇게 나올 줄 알았다.

저번 전쟁에서 모건 스탠리와 그 동맹 세력은 공매도를 치면서 상당한 손실을 봤다.

'제우스'가 그 이후, 그들이 공매도 친 종목들을 모조리 15% 이상 끌어올렸기 때문에 이대로 진행된다면 그들은 엄청난 손실을 확정 지어야 된다.

왜 주가를 끌어올렸냐고?

그건 그들을 전장으로 다시 끌어들이기 위함이었다.

손실이 작으면 눈치를 보면서 '제우스'와의 전면전을 피할 것이고, 어둠 속에서 또 다른 음모를 꾸밀 가능성이 컸다.

그렇게 되면 전쟁이 길어진다.

단방에 적의 목숨 줄을 끊어놓기 위해서는 그들의 손실을 최대한으로 키울 필요성이 있었다.

*   *   *

또각, 또각.

정설아는 거대한 대현빌딩의 홀을 건너 엘리베이터로 향했다.

대현빌딩.

외국계 금융사들이 똬리를 틀고 있는 곳으로 27층이 전부 금융권 회사들이 차지하고 있었다.

검은 정장을 입은 정설아의 모습은 더없이 차갑게 보였으나 외모에서 풍겨 나오는 아름다움은 주변을 압도하기에 충분했다.

그녀의 나이 48살.

이젠 세월의 흐름을 견디지 못하고 노화현상이 벌어져야 함에도 그녀는 아직 팽팽한 피부를 유지하고 있었다.

그녀가 도착한 곳은 23층.

바로 모건 스탠리의 극동 책임자 피터 존슨이 근무하는 모건 스탠리 사무실이었다.

사무실로 들어선 정설아는 곧장 비서실로 향한 후 용건을 꺼냈다.

비서는 당당하게 들어온 그녀의 위세에 한풀 꺾인 목소리로 용건을 물어왔다.

"어떻게 오셨나요?"

"피터를 만나러 왔습니다."

"혹시, 약속을 하셨어요?"

"제우스의 정설아가 왔다고 하면 아실 겁니다."

그녀의 정체가 드러나자 비서의 얼굴이 단숨에 하얗게 변했다.

제우스의 명성은 금융권에서 근무하는 사람들에겐 이미 신화가 된 지 오래였으니 정설아의 이름은 대통령보다 더 유명했다.

"잠시만, 기다려 주십시오."

질린 얼굴로 비서가 묵직한 문을 열고 급히 들어가는 걸 보며 정설아가 눈을 빛냈다.

적들의 심장.

대한민국 금융시장을 오랜 세월 동안 쥐고 흔든 자들의 근거지에 도착하자 저절로 전의가 불타올랐다.

비서가 다시 급하게 문을 열고 나온 것은 그녀가 어깨에 있던 핸드백을 손에 내려 쥐었을 때였다.

"들어오시랍니다."

그녀의 안내를 받고 안으로 들어가자 3명의 남자들이 자리에서 일어나는 게 보였다.

피터 존슨과 모건 스탠리의 두뇌라 불리던 수족들이었다.

"어서 오시오. 정 사장님이 이곳에 올 거라고는 생각하지 못했군요. 그런데 어쩐 일이시오?"

"상의드릴 게 있어서요. 다른 분들은 잠시 자리를 비켜주셨
으면 좋겠는데?"

"이 사람들은 모건 스탠리의 수뇌들입니다. 정 사장님이 어
떤 일로 왔든 충분히 자격 있는 사람들이죠."

피터 존슨이 가소롭다는 웃음을 지으며 정설아의 제의를
거부했다.

그는 약속도 없이 쳐들어온 정설아의 행동을 불쾌하게 생
각하는 것 같았다.

그리고 또 하나.

그녀가 이곳까지 온 이유는 단 하나밖에 없다고 생각했다.

처음부터 한국의 증권사를 싸움에 끌어들일 생각은 없었
다.

한국 증권사 사장 몇을 만난 건 제우스에게 정보를 흘려
스스로 전쟁에서 물러나기를 종용하기 위함이었다.

"그럼, 같이 이야기해요."

"차 드릴까?"

"우리가 사이좋게 차나 마실 사이는 아니잖아요?"

"그런가? 그래도 일단 앉아요. 아무리 적이라도 서서 이야
기하는 건 아니지. 그건 예의가 아닌 것 같고."

"그러죠."

피터 존슨의 손짓에 정설아가 자리를 잡고 앉았다.

그러자, 피터 존슨이 자연스럽게 웃으며 입을 열었다.

"저번 선물은 잘 받았습니다. 아주, 작정하고 뒤통수를 때리는 바람에 충격이 컸어요."

"뒤통수를 때리는 건 우리 전문이 아니에요. 그건 모건이나 외국계 금융 세력들의 전공이죠."

정설아가 뼈를 때렸다.

그동안 외국자본이 선물 옵션 시장에서 돈을 벌기 위해 주가를 조작했던 행동에 대해 우회적으로 지적한 것이었다.

"하하… 말실수를 했구먼. 그 말은 취소. 그런데 말이오. 난 아무리 생각해도 이해가 되지 않아요. 당신들 제우스의 정체는 뭡니까?"

"무슨 말씀이죠?"

"아무리 샅샅이 훑어도 당신들한테 투자했다는 사람들은 찾지 못했어요. 그 정도의 자금을 운용하기 위해서는 상당한 투자가들이 존재할 텐데, 당신들에게 돈을 맡긴 투자가들을 찾아볼 수 없었단 말이지. 도대체 뭐요. 당신들 유령이야?"

"여전히 남의 회사 영업비밀에 관심이 많군요. 제우스는 철저하게 고객들의 신상을 보호할 뿐이에요."

"하나만 물읍시다. 신분은 됐고, 투자한 사람들이 대충 누고요?"

"외국의 거대 자본가들, 한국에도 꽤 많고."

"거짓말을 하시는군. 그걸 내가 믿을 것 같습니까?"

"안 믿는다면 할 수 없죠."

"그거참……."

피터 존슨이 손가락으로 탁자를 톡톡 두들겼다.

당연히 대답을 들을 거라 생각하지는 않았다.

더군다나, 제우스의 역사를 철저하게 파헤쳤으니 정설아의 말은 사실이 아니란 걸 금방 알 수 있었다.

배당을 하지 않는 투자 전문 회사를 본 적이 있는가.

지금까지 그들이 취득한 정보에 따르면 제우스는 한 번도 수익금을 배당한 적이 없었다.

그 말은 투자자의 숫자가 극소수이며, 그들이 실질적인 주인이란 뜻이다.

그렇다면 말하지 않는 게 당연하다.

그랬기에 그는 표정을 고치고 대화의 주제를 슬쩍 바꿨다.

"그래, 여기까지 왜 온 겁니까? 우리 사이가 좋은 것도 아닌데 할 말이 뭐 있을까?"

알면서 변죽을 올렸다.

그녀가 여기까지 왔다는 건 적당한 협상을 통해 전쟁을 피하려는 게 분명했다.

세계 최고의 두뇌와 정보를 지닌 모건 스탠리의 분석에 따르면 제우스 단독으로 그들과 싸우는 건 자살행위나 다름없었다.

1차 전쟁에서는 제우스의 행동을 알아차리지 못하고 미처 자금을 준비하지 못한 상태였기에 당했으나, 이번엔 다르다.

그들이 동원한 70조라면 제우스가 덤비는 순간 박살 낼 자신이 있었다.

절대 제우스는 그만한 자금을 준비하지 못할 것이기 때문이다.

하지만 정설아의 얼굴은 사정을 하기 위해 찾아온 사람의 표정이 절대 아니었다.

"전쟁을 준비하고 있다면서요?"

"금융시장은 언제나 전쟁터지. 그렇지 않소?"

"지금까지 그런 정신으로 한국 시장을 대했나요. 정상적인 투자를 통해 수익을 올릴 생각은 하지 않고, 상대를 죽이려는 생각만 했어요?"

"무슨 소릴 하는 거요. 지금 여기 온 게 시비 걸려고 온 건 아닐 텐데?"

피터 존슨의 얼굴이 일그러졌다.

막상 본론에 들어가면서 그의 생각과 다른 이야기가 흘러나오고 있었기 때문이었다.

"내가 여기에 온 건 모건 스탠리와 그 동맹들에게 경고를 하기 위함이에요. 지난번 싸움에서 물린 돈이 무척이나 아까운 것 같은데, 그동안 우리나라에서 벗겨먹은 건 생각하지 않나 보죠?"

"어차피 시장은 지금 싸움인데 그게 뭐? 우릴 불러들인 건 한국 정부잖소. 외국자본 유치라는 거창한 이유를 들어 불러들여 놓은 건 한국인데, 이제 와서 억울하다고 징징대면 쓰나?"

"적당히 했어야죠. 이자 정도나 처먹으면서 계집질할 정도의 돈만 벌면 누가 뭐라고 하겠어요. 그런데 당신들은 도가 지나쳤거든. 당신들 때문에 선량한 한국 사람들이 피눈물을 흘리고 있어요. 그래서 우리가 그걸 막으려는 거야. 더 이상 더러운 짓을 못 하게 하려고."

"이 여자, 재밌네. 좋아, 그건 그렇다 치고. 여기에 온 이유가 협상 때문이 아니면 뭐야. 당신, 왜 온 거요?"

"협상하러 온 건 맞아요."

"말해보시오."

"당신들한테 제안 하나 할게요. 저번 전쟁에서 물린 돈은 그냥 손해 보세요. 그리고 우리가 하는 대로 그냥 따라오면 앞으로 꽤나 큰 수익을 올릴 수 있을 거예요."

"웃기는 소릴 하고 있군. 충분히 찾을 수 있는데 왜 우리가 손해를 봐야 하지?"

"그동안 해 먹은 걸 생각하면 그 정도는 충분히 손해 볼 수 있는 거 아닌가요?"

"웃기는 소리 하고 있군. 그딴 소리나 할 거면 그만 일어나시오."

"제우스는 한국 시장을 계속 끌어올릴 생각이에요. 사람들이 장기투자를 하면서 노후를 준비할 수 있도록. 그러니, 당신들도 더 이상 양아치 짓 그만하고 거기에 동참하세요."

"크크크… 이제 보니 간덩이가 부은 여자네. 그렇게 못 하겠다면?"

"만약 우리 말을 따르지 않으면 당신들은 더 이상 한국에서 영업을 하지 못할 거예요. 우리가 끝까지 따라다니면서 죽일 테니까. 물론 당신 모가지도 마찬가지고."

"이, 미친 여자가 어디서 함부로 주둥이질을 하고 있어!"

"이봐, 피터. 살려주겠다고 할 때 잘 판단해. 내 경고를 무시하는 순간 당신은 죽어. 70조를 준비했다고 했지? 당신들 판단엔 70조 정도면 제우스를 쓰러뜨릴 수 있을 거라 생각한 모양인데… 한번 해봐."

"이, 미친!"

"내 말 안 들어도 돼요. 우리가 원하는 것도 그거니까."

정설아는 이빨을 드러내는 피터 존슨과 그 수족들을 향해 비웃음을 날리며 천천히 자리에서 일어났다.

그런 후 몸을 돌려 천천히 걸어가며 다시 입을 열었다.

"당신이 쓰는 이 집무실, 그리고 너희 직원들이 쓰는 사무실들은 전부 한국인들의 피와 눈물이 담겨 있어. 제우스는 이걸 다시 원래 주인들한테 다시 돌려줄 거야. 그러니 당신들, 기대해. 완전히 팬티만 입고 돌아가도록 만들어줄게."

*　　　　　*　　　　　*

금융감독원 이형구 국장이 원장 집무실에 들어선 건 오전 10시 무렵이었다.

콜이 온 게 5분 전이었으니, 자료까지 챙겨서 뛰어온 그의 행동은 그야말로 눈부시게 빠른 것이었다.

"어서 와."

"예, 원장님."

"상황이 점점 심각해지고 있다면서?"

"지금 시장에서는 일촉즉발의 긴장감이 팽배해지고 있습니다. 곧 전쟁이 벌어질 것 같습니다."

"휴우… 자세하게 말해봐."

원장의 지시에 이형구가 자료를 펼쳐 들고 이전에 벌어졌던 전쟁 과정과 그로 인해 외국인들의 피해에 대해서 설명했다.

거의 20분이 넘는 브리핑이었는데, 원장인 신규혁의 표정은 점점 무섭게 가라앉고 있었다.

"결국, 그때 물린 걸 회수하기 위해 모건 스탠리가 나선단 뜻이군?"

"그렇습니다."

"제우스가 그렇게까지 버틴 이유는 뭐야?"

"그들은 한국의 선물 옵션 시장이 국민들을 안심하고 투자하지 못하게 만든 주범이라 생각하고 있습니다. 외국인들은 그동안 선물 옵션을 먹기 위해 수시로 공매도를 활용해 왔기 때문에 수많은 피해자가 양산되었다는 겁니다. 실질적으로 우리나라 국민의 주식 투자 비율이 점점 떨어지고 있습니다. 정상적인 투자로 돈을 벌기 어렵다는 걸 국민들도 아는 거죠."

"그래서 금융시장의 판을 갈아 엎겠다?"

"그렇습니다."

"지들이 뭔데 금융시장 판을 바꿔. 아무리 제우스라도 그런 짓을 하면 안 되는 거 아냐?"

"솔직히 말씀드리면… 정부가 책임을 다하지 못했기 때문에 발생한 일입니다. 원장님께서도 아시겠지만 그동안 우리 정부는 외국자본 유입이란 목적 때문에 규제를 강화하지 못했습니다. 그리고 그건 앞으로도 난해한 일이죠. 워낙 민감한 사안이라 정치인들의 반대가 극심하거든요."

"그거참……."

금융감독원에서 잔뼈가 굵은 원장 신규혁이 그걸 모를 리 없다.

그럼에도 이런 질문을 한 건 그의 버릇 때문이다.

그는 자신의 판단과 다른 사람의 판단을 언제나 종합해서 일을 처리하는 스타일이었다.

"우리나라 선물 옵션 시장은 주식시장의 6배가 넘습니다. 손님이 주인을 때려서 쫓아낸 후 집을 차지한 것과 다름없습니다. 그 모든 것이 외국인 투자가와 증권사의 욕심에서 비롯된 겁니다."

"정 사장은 뭐래?"

"선물 옵션 시장을 대폭 축소시켜 주식시장보다 작게 만들겠다고 했습니다. 그리고 사람들이 안심하고 투자할 수 있도록 공매도 세력을 철저하게 때려잡겠다고 하더군요."

"정부를 완전히 병신 만드는군."

신규혁이 중얼거리자 이형구의 얼굴색이 슬쩍 변했다.

그가 어떻게 판단하느냐에 따라 이번 일의 결과는 크게 바뀔 수 있었다.

그랬기에 그는 급하게 다시 입을 열었다.

"원장님, 제우스의 의도에는 전혀 다른 생각이 없습니다. 정 사장은 저에게 한국 시장이 미국처럼 건강하게 성장하길 바란다고 했습니다."

"이번 전쟁으로 걔들이 얻는 이익은 없어?"

"없습니다. 저번 전쟁에서도 제우스는 선물 옵션에 거의 투자하지 않았습니다. 만약 그들이 욕심을 부렸다면 엄청난 돈을 벌었겠지만, 그들은 단순히 외국인들을 저지했을 뿐입니다."

"70조라고?"

"예, 증권사 사장들이 공통적으로 그렇게 이야기하더군요."

"제우스가 막을 수 있을까?"

"자신감을 가지고 있답니다. 하지만 쉽지 않아 보입니다. 제우스의 여유 자금은 저희가 분석한 바로는 겨우 40조뿐입니다. '갤럭시'의 유보금까지 합한 금액입니다."

"그런데 어떻게 이길 수 있단 말이지?"

"솔직히 거기까진 못 들어갔습니다. 정부 관리가 나서서 꼬치꼬치 캐물을 일이 아니라고 판단했습니다."

이형구의 대답을 들은 신규혁이 탁자에 손을 올려놓고 한참 동안 침묵을 지켰다.

뭔가 고민하는 모습,

그의 입이 열린 것은 목이 마른 이형구가 작은 기침을 할 때였다.

"만약 제우스가 이긴다면 외국인들의 투자가 줄어들지 않을까? 아니, 어쩌면 이번 기회에 아주 한국을 떠날 수도 있어.

그러면 금융시장에 혼란이 와. 채권과 주식시장이 박살 날 수 있단 말이지. 안 그래?"

"거기에 대해서 정설아 사장은 이렇게 말했습니다. 지금의 한국은 예전과 다르다. 그동안 대한민국은 삼전이 홀로 받쳐왔으나, '이지스' 그룹이 무서운 속도로 성장해서 막대한 달러를 벌어들이기 때문에 그 체력이 무척 강해졌다. 지금의 외환보유고를 보라. 3년 전보다 무려 1,200억 달러가 늘었고 '이지스'와 삼전이 계속 성장하면 외환보유고는 점점 늘어날 것이다. 더구나 내년에는 '갤럭시'의 자체 충전 전기자동차 '쥬피터'가 본격 생산된다. '쥬피터'가 세상에 나오는 순간 대한민국은 세상 어떤 놈도 깔보지 못한다. '쥬피터'가 세계 자동차 시장을 석권할 것이기 때문이다. 더군다나, 내년 초 '이지스' 그룹이 상장되면 외국자본은 미친 듯 달려들 것이다. 막대한 이익을 창출하는 '이지스' 그룹의 주력들을 외국자본은 절대 외면하지 못한다. 이게 정설아 사장이 전쟁을 벌이려는 배경입니다. 원장님, 제 생각도 정 사장과 다르지 않습니다."

"맞는 말이야. 하지만 총알이 부족한 건 어쩌지? 만약, 진다면 충격이 커질 텐데?"

"제우스의 저력을 믿어봐야죠. 그들도 생각한 게 있지 않겠습니까?"

이형구가 말을 끝낸 후 신규혁의 얼굴을 바라봤다.

몰라서 한 질문이 아니다.

신규혁은 대한민국에서 손꼽히는 금융과 경제의 전문가였으니 한국이 돌아가는 사정은 빤히 꿰차고 있었다.

긴장된 순간.

신규혁이 잠시 눈을 감았다가 다시 입을 열었다.

"이 국장, 자료를 챙겨서 줘봐. 내가 오후에 기재부 장관을 만나야겠다."

"어쩌실 생각입니까?"

"어쩌긴, 우리도 쪽팔리진 말아야지. 이왕 시작한 거 정부도 우리 편 들어야 되지 않겠나. 나는 장관님께 보고하고 한 팔 거들 생각이다."

"어떻게요?"

"국내 증권사를 총동원시켜야지. 제우스가 필요 없다고 했다지만 그게 어디 그런가. 증권사를 총동원시키면 30조 정도는 커버할 수 있을 거야."

"그거야 가능하죠."

"이왕 이렇게 된 거 이번 기회에 외국인, 이 새끼들의 버르장머리를 완전 뿌리 뽑아야겠어."

"장관님이 반대하면 어쩌시려고요?"

"그분 성향상 설마 그러겠나. 그리고 설혹 반대한다고 해도 상관없어. 애국하겠다는 걸 반대한다면 그냥 내지르면 돼. 까

짓것 사고 치고 옷 벗지, 뭐."

신규혁이 아무것도 아니라는 듯 웃었다.

웃을 일이 아니었음에도 그 모습을 보며 이형구도 같이 웃었다.

그래, 씨발.

한 번 죽지 두 번 죽냐.

이런 일로 옷을 벗으면 나중에 내 후손들이 독립운동가라고 칭송해 줄 거다.

*   *   *

대일증권은 최근 며칠 동안 투자를 멈춘 채 시장을 관망했다.

정설아를 만난 후부터였다.

김윤환은 그녀를 만난 후 긴급 본부장단회의를 개최한 후 정설아의 의지를 알렸다.

많은 의견들이 나왔다.

그리고 대부분은 그녀의 주장이 설득력 없다는 쪽으로 기울어졌다.

가장 큰 이유는 자금력이었다.

제우스가 보유한 자금은 기껏해야 40조라는 게 대일증권

분석팀의 평가였고, 그것도 '갤럭시'의 공장 증설이 계속되는 중이라 빼기도 어렵다는 게 중론이었다.

물론 그들이 미국과 중국에 투자한 자금이 있긴 하다.

하지만 그것도 막상 전쟁이 벌어져 긴급하게 빼려면 상당한 손실을 감수해야 된다.

과연 그들이 한국 시장을 변화시키기 위해 그 정도의 희생을 감수할 수 있을까?

투자 전문 회사의 숙명과 절대 선은 투자자가 돈을 벌도록 자금을 운용하는 것이다.

아무리 제우스가 정의감에 불타오른다 해도 막대한 손실을 감당하면서까지 전쟁을 벌인다는 건 결코 믿을 수 없는 일이었다.

"사장님, 만약 모건 스탠리 쪽이 이기면 우리는 향후 코너에 몰리게 됩니다. 그들이 전쟁을 이긴다는 건 한국 시장을 완전 장악한다는 의미죠. 그런 상황이 벌어지면 우리 회사는 그들의 얼라이언스에서 배제될 가능성이 큽니다."

"그럴 수도 있겠지."

"다시 숙고해 보셔야 합니다. 완전 발을 빼놓으면 안 됩니다."

"유 본부장 말은 양다릴 걸치란 말이야?"

"그래야죠. 투자에 양심이 어디 있습니까. 우린 돈만 벌면 됩니다. 정치는 정치인이 하는 거지, 투자자가 하는 게 아닙니다. 일단, 사장님 지시에 따라 모든 투자를 스톱 해놨지만 그것도 문제가 있습니다. 이런 상황이 오래가면 고객들의 불만이 커질 수밖에 없어요."

맞는 말이다.

투자가는 돈만 벌면 되는 것이지, 양심을 따질 일이 아니다.

그럼에도 김윤환은 투자전략본부장의 말을 들으며 인상을 찌푸렸다.

한평생 양심을 따져가며 산 적은 별로 없었다.

금융에 발을 들여놓은 후의 삶은 오로지 돈과의 전쟁이었을 뿐, 피해자의 눈물을 생각해 보지 않았다.

그런 과정을 거쳐 35년이 지난 지금, 증권사의 사장이란 자리까지 올라왔다.

하지만 이번 결정만은 쉽지가 않았다.

거대한 두 세력의 싸움에서 힘없는 약자의 숙명인 눈치 보기 때문이 아니다.

정설아의 말을 듣는 순간 지금까지 심장 저편에 숨겨놨던 양심과 대한민국의 처참한 현 상황이 떠올랐다.

지금까지 증권맨으로 살아오며 현실에 적응하며 살아왔다.

그것은 냉혹한 현실로 인했던 것이지, 외국인들의 행동이 정의로워서가 아니었다.

"무슨 말인지 알아. 그러나 이번만큼은 왠지 모건 쪽 손을 들어주고 싶지 않구먼."

"사장님, 재고해 주십시오."

김윤환이 고민스럽게 말을 하자 본부장들이 벌 떼처럼 반대를 해왔다.

자금이 부족한 제우스가 패배할 거란 생각이 그들의 머릿속를 채웠기 때문이었다.

그때, 비서가 급히 문을 열며 다가왔다.

회의 때는 절대 들어오지 않는 것이 관례였으나 비서는 사색이 된 얼굴로 급히 다가와 보고를 했다.

"사장님, 금융감독원 이형구 국장님이 밖에 와계세요. 급히 만나 뵙기를 원하십니다."

"이형구 국장이!"

비서의 보고에 김윤환이 자리에서 벌떡 일어났다.

이형구 국장은 증권사에겐 저승사자와 동격인 인물이었다.

그의 손끝 하나에 증권사들의 목숨 줄이 왔다 갔다 할 정도의 파워를 지녔고 성격이 깐깐할 뿐만 아니라, 청렴해서 증권사 사람들과는 밥도 먹지 않는 걸로 유명했다.

*　　　　*　　　　*

성봉제는 존경스러운 눈으로 정설아를 바라봤다.

어이없게도 오후부터 모든 증권사들이 전화를 해왔는데 이번 전쟁이 시작되면 무조건 가담하겠다는 말을 해왔다.

도대체 이렇게 되리라는 걸 어떻게 알았을까.

트레이더 쪽에서는 귀신 소리를 듣는 그였으나 정설아의 예측이 맞아떨어지자 정설아가 정말 무당처럼 보였다.

"사장님, 정말 대단하세요. 존경합니다."

"내 생각이 아니었어요."

"예? 사장님 생각이 아니었다고요?"

"그래요. 누군가 이렇게 될 경우도 감안해서 준비하라고 조언하더군요."

"누가요?"

"있어요. 그런 사람."

정설아가 찢어질 듯 눈을 휘둥그레 뜨는 성봉제를 바라보며 재미있다는 듯 웃음을 흘렸다.

놀라는 그의 모습이 곰돌이 푸우를 닮았기 때문이다.

"만약, 증권사가 지원하지 않았으면 어쩌실 생각이었습니까. 우린 '갤럭시' 유보금까지 전부 끌어와도 40조밖에 없었는데요?"

"미국 쪽과 중국 쪽에서 스탠바이 하고 있어요. 문제가 생길 때를 대비해서 자금 수급 계획을 수립해 놨습니다."

"어이구."

정설아의 말을 들은 성봉제가 입을 떡 벌렸다.

본사가 불리하면 언제든지 자금을 보낼 수 있도록 미국과 중국지부가 주식 처분 계획을 마련했다는 뜻이었다.

그런 상황이 된다면?

제우스는 단시간 내에 자금을 마련하기 위해 엄청난 손실을 보게 될 것이다.

그럼에도 정설아는 눈 하나 깜빡하지 않았다.

그런 손실을 보는 한이 있더라도 이번 전쟁에서 반드시 이기겠다는 의지가 그녀의 몸에서 올올히 배어 나오고 있었다.

여자의 몸으로.

거대한 금융 세력들과 전쟁을 치르려는 정설아의 신념은 어디서 나오는 것일까?

"자, 지금부터는 초비상 상태로 대비하세요. 트레이더 인력만 가지고 부족할 수 있으니 채권 쪽에서 지원이 올라올 거예요."

"알겠습니다."

"반드시 이겨야 합니다. 증권사 쪽과 정보 공유 확실히 하시고, 시작이 되면 초반부터 찍어 눌러야 돼요. 초반에 밀리면 싸움이 어렵게 될 수 있어요. 아시죠?"

"걱정하지 마십시오. 반드시 이길 겁니다. 우리한테는 15%의

어드밴티지가 있는데 뭐가 무섭겠습니까."

성봉제가 주먹을 들어 올리며 의지를 다졌다.

1차 전쟁 후 외국인들이 물린 주식의 주가를 15%나 올려놨으니 조금 밀리더라도 전혀 문제 될 게 없었다.

하지만 그의 말을 들은 정설아의 얼굴에서 웃음이 사라졌다.

"성 팀장님, 그 어드밴티지는 완전히 무시하세요. 이번 전쟁은 다시 시작하는 겁니다. 지금 라인에서 한 치도 물러서면 안 돼요."

"그렇게나 해야 됩니까?"

"이 라인을 그자들의 무덤으로 만들어야 되거든요. 나는 그자들한테 분명하게 경고했어요. 전쟁을 시작하는 순간, 완전히 거지로 만들겠다고 통보했어요."

"그럼, 이전처럼 또 주가를 상승시킬 생각이세요?"

"그럴 생각이에요. 팬티만 입고 돌아가도록 만들 거니까 20% 정도 상승시키면 되겠네요."

"아이고!"

아닐 것이다.

현재 주가라인에서 20%를 끌어올리면 시장이 왜곡되어 선의의 피해자가 양산될 수 있으니 그냥 해본 소리일 것이다.

그럼에도 단순하게 들리지 않았다.

전쟁을 앞둔 그녀의 전의는 그 어떤 전사보다 강력하게 느껴졌기 때문이었다.

* * *

"잘 있었죠?"

"응, 그런데 왜 갑자기 존댓말을 해. 거북하게?"

"이젠 내 여자가 아니니까 말을 올려야죠. 버릇되면 실수할 수도 있잖아요."

"쳇, 조금 서운하네."

"청혼은 받았어요?"

"부끄럽게 그런 걸 왜 물어."

"그냥 찔러본 건데 반응이 이상하네. 정말 받았어요?"

"응."

"허락했어요?"

"미안해. 워낙 착한 사람이라 거절할 수 없었어. 그 사람 표정을 보니까 내가 거절하면 죽을 것 같더라."

"잘했어요. 누나, 축하해요."

귀국한 다음 날.

정설아가 호텔로 찾아온 것은 2차 전쟁의 전운이 극에 올라왔기 때문이었다.

하지만 이병웅은 전쟁은 제쳐두고 그녀의 결혼 소식을 축하하며 한동안 다른 이야기에 몰두했다.

뭐가 그리 궁금한 걸까.

그 사람이 청혼했던 장소와 그 상황을 설명 들으며 이병웅은 자신이 프러포즈를 받은 것처럼 기뻐했다.

"이제 그만해. 지금은 그게 중요한 게 아니야."

"그럼 뭐가 중요해요?"

"모건 스탠리의 행동이 이상해. 뭔가 다른 꿍꿍이속이 있는 것 같아."

"왜 그렇게 생각했어요?"

"벌써 공격이 들어와야 되는데, 아직 소식이 없어. 병웅 씨가 시킨 대로 피터를 만난 게 잘못된 건 아닐까?"

"걱정하지 말아요. 지금쯤 주판알 튕기느라 정신없을 테니까."

"무슨 소리야?"

"누나를 피터에게 보낸 건 계산을 해보란 뜻이었어요. 누나 성격에 그냥 나왔을 리 없었을 테고 반쯤 죽여놓았겠죠. 안 그래요?"

"병웅 씨가 마음껏 큰소리치라고 했잖아. 그래서, 팬티만 남긴다고 협박했지."

"하하하……."

그녀의 말을 들은 이병웅이 커다랗게 웃으며 박수를 쳤다.

막상 아름다운 정설아가 시꺼먼 놈을 상대로 협박하는 장면을 떠올리자 더없이 유쾌해졌기 때문이었다.

"뭐야, 왜 웃어?"

"누나, 어쩌면 놈들은 공격하지 않을 수도 있어요. 처음엔 50:50 정도라고 판단했는데, 이젠 안 하는 쪽으로 굳어져 가는 거 같네요."

"응? 무슨 소리야?"

"누나가 무서운 얼굴로 협박했는데 공격할 마음이 들겠어요? 누나가 화내면 나도 무서운데?"

"장난치지 말고!"

"이번에 공격했다가 물리면 아무리 모건 스탠리라해도 대미지가 커요. 더군다나 이번 전쟁을 시작으로 주가를 끌어올린다고 했으니까 그자들도 엄청난 부담을 느꼈을 거예요. 정말 그렇게 되면 손실이 엄청날 테니 함부로 결행할 수 없겠죠. 하지만 진짜 이유는 '이지스' 때문이에요."

"이지스?"

"그자들도 이젠 이지스 그룹이 상장된다는 소문을 들었을 겁니다. 이지스 그룹이 상장되면 상당한 자금이 필요해요. 그러니 함부로 전쟁을 벌이지 못하죠."

"이익… 이씨, 그래서 나보고 증권사 사장들한테 이지스 그룹을 상장할 거라고 얘기하랬던 거야!"

"그렇죠. 더군다나 최근 증권사가 우리 쪽에 붙었다는 정보를 입수했을 테니, 더욱 고민이 깊어졌겠죠."

"기가 막혀서. 아주 날 철저하게 이용해 먹은 거구나, 난 완전 꼭두각시였어. 그것도 모르고 난 영웅 행세를 하며 돌아다녔네."

"누나는 프로가 아니라서 내용을 다 알고 갔으면 티가 났을걸요?"

"흥, 나 완전 프로거든!"

"이제 며칠 지나면 결과가 나올 테니 기다려 봐요. 그리고 그자들의 행동이 결정되면 누나가 한 번 더 찾아가세요."

"찾아가서?"

"선물 옵션 시장에서 완전히 발을 빼라고 하세요. 공매도로 손해 본 건 털어내고. 앞으로 공매도를 치면 그냥 두지 않을 거라고 확실히 협박도 하세요."

"거절하면?"

"이지스 그룹 상장 공모에서 모건 스탠리를 제외시킨다고 하면 그자들도 항복할 거예요."

"여우가 따로 없네. 그것도 불여우."

"전쟁은 피를 흘리지 않고 이기는 게 가장 좋은 거랍니다. 선물 옵션 시장에서 외국인들과 증권사들을 제외시키면 그

돈은 주식시장으로 자연스럽게 들어올 거예요."

"그럼 주식시장 안 끌어올려도 돼?"

"그건 협박용이었어요. 이지스 그룹이 상장되고 '쥬피터'를 비롯해서 신제품들이 판매되기 시작되면 한국시장은 우리가 따로 손대지 않아도 상승할 겁니다. 인위적인 상승은 한계가 있어요. 모든 투자 주체들이 건전한 투자를 하면서 상승하는 것이 가장 좋은 방법이에요."

"난 그것도 모르고 걱정을 얼마나 했는데, 피해액을 계산하느라 진이 다 빠졌다고."

"전쟁은 다 그런 과정을 거치는 겁니다. 모건 스탠리는 실리와 명분을 따지며 최선의 선택을 하게 될 거예요. 하지만 아직 안심할 일은 아니니까 비상 유지하면서 계속 지켜보세요."

"우와, 이 여우야. 병웅 씨는 완전 불여우야!"

＊   ＊   ＊

이병웅의 예측은 정확해서 모건 스탠리는 결국 공격을 개시하지 않았다.

정설아가 모건 스탠리의 피터 존슨을 다시 만난 건 일주일이 지난 후였다.

그녀가 내건 조건은 두 가지.

선물 옵션 투자와 공매도를 치지 말라는 것이었다.

피터 존슨은 순순히 그녀의 제안을 받아들였는데, 만면에 쓴웃음이 가득했다.

어쩔 수 없었을 것이다.

이병웅은 어젯밤 모건 스탠리 본사에서 직접 작정 명령을 취소시켰다는 정보를 입수했는데, 피터 존슨은 강한 질책을 받은 것으로 알려져 있었다.

이유는 간단했다.

이지스 그룹이 상장하는 것조차 모른 채 전쟁을 벌이려 했다는 것만으로도 그는 치명적인 실수를 한 것이나 다름없었다.

다른 회사라면 몰라도, '이지스'의 주력 기업들이 상장을 한다면 무조건 들어가야 한다.

이지스 그룹의 계열사들은 순이익이 70%에 육박하기 때문에 세계에서 톱 10 안에 들어가는 기업들이었다.

금융사의 최대 목적은 돈을 버는 것.

그런 거대 기업들의 상장을 앞두고 제우스와 같은 강적과 목숨을 건 전쟁을 벌인다는 건 어리석은 짓이 분명했다.

*   *   *

그때부터 제우스는 공매도 전담팀을 만들어 시장의 흐름을 철저하게 관찰했다.

선물 옵션 시장도 마찬가지.

외국인들과 증권사, 사모펀드의 선물 옵션 진출을 철저하게 때려 막았기 때문에 선물 옵션 시장의 거래대금은 폭망 수준으로 줄어들었다.

대신 그동안 박스권에서 꼼짝하지 못했던 주식시장이 상승하기 시작했다.

인위적인 부양이 아니었기에 폭등세를 보인 건 아니었지만, 매일 꾸준한 상승을 거듭했다.

주식시장이 계속 상승하면서 시중에 있던 유동자금들이 유입되기 시작했다.

외국인의 장난질에 주식시장을 떠나 있던 유동자금들은 대부분 부동산 투자에 열을 올렸는데, 때맞춰 기재부와 국토부가 강력한 부동산 정책을 펼치면서 주식시장으로 환원되는 현상이 펼쳐졌다.

정부는 부동산 투기 세력과의 전쟁을 선포했다.

앞으로 갭 투기 세력은 철저한 세무조사와 자금 출처를 밝히고 불법 증여가 드러나면 형사처벌까지 하겠다는 의지를 밝혔기 때문에 부동산 시장이 싸늘하게 식었다.

주택 임대법도 철폐해 버렸다.

돈 있는 자가 갭 투기로 아파트를 매수해서 월세를 받는 행태가 부동산을 상승시킨다는 게 정부의 분석이었다.

주식시장이 유동자금을 빨아들이고 정부가 강력하게 부동산 투기를 막아버리자, 그동안 끝없이 상승하던 부동산이 하락을 시작했다.

경착륙이 아니라 연착륙이었다.

이지스 그룹의 가세로 인해 한국 경제는 매년 성장을 거듭했고, 정부가 강력한 정책을 펴나가자 부동산 시장은 서서히 하락하며 안정을 찾아갔다.

현재, 세계에서 벌어지고 있는 부동산버블과 전혀 상반되는 현상이 대한민국에서 진행되고 있었다.

*　　　　　*　　　　　*

정설아의 결혼식은 2016년 11월 둘째 주 일요일이었다.

그녀의 결혼 소식은 특종이 되어 순식간에 전국으로 퍼져나갔다.

최근 들어 세계를 향해 약진하는 대한민국 경제의 중심에는 삼전과 이지스 그룹이 있었지만, 금융 쪽의 중심은 제우스였다.

더군다나 제우스는 이지스의 주인이었고 한창 전 세계의

이목을 집중시키는 '갤럭시'의 주인이기도 했다.

따라서, 제우스의 회장으로 취임한 정설아의 결혼식은 수많은 화제를 양산하며 언론을 떠들썩하게 만들었다.

결혼식 날.

그녀의 결혼식에는 정관계의 유력 인사들과 언론기자들로 인산인해를 이루었다.

한국 경제에서 그녀가 미치는 영향이 얼마나 거대한지 단적으로 보여줄 정도로 참가한 하객들은 하나하나 대단한 사람들뿐이었다.

이병웅은 검은색 정장에 빨간색 넥타이를 맸다.

인연을 맺었던 정설아의 결혼식에 참석하기 위함이었다.

한쪽에선 미안함과 한쪽에서는 축하하고 싶다는 마음이 여러 번 충돌했으나, 결국 그는 결혼식장으로 향했다.

호텔은 입구부터 사람들로 인해 바글거리고 있었다.

"왜 이렇게 늦었어. 결혼식 시작할 때 다 됐다."

"신부는 봤어?"

"벌써 봤지. 누나 참 예쁘더라. 웨딩드레스 입은 모습이 천사 같았어. 나이도 안 먹나 봐."

"응, 예쁜 여자지."

정설아의 결혼식 때문에 날아온 홍철욱과 문현수가 기다리고 있다가 이병웅을 맞이했다.

미리 전화를 했기 때문에 그들은 호텔 정문에서 기다리고 있었는데, 이젠 세상을 내려다보는 관록이 외모에 절절 묻어나올 정도였다.

일부러 늦게 왔다.

혹시라도 그녀가 자신의 모습을 보면서 부담을 느낄지 모른다는 생각 때문이었다.

"가자."

"올라가면 식이 시작됐겠다."

"조금 늦어도 돼."

이병웅이 먼저 움직이자 친구들이 보조를 맞춰 걸음을 옮겨 나갔다.

그들은 모두 유명 인사들이다.

미국과 중국에서 천문학적인 자금을 운용했기 때문에 언론사에서는 그들을 심층취재 해서 여러 번 보도했을 정도였다.

금융 쪽에서는 매년 압도적인 수익을 올린 그들을 미다스의 손이라 칭하고 있었다.

하지만 호텔 입구부터 가득했던 사람들이 비명을 지르기 시작한 건 이병웅의 모습이 드러난 후 부터였다.

전혀 예상치 못했던 이병웅의 등장.

호텔에는 정재계의 거물들이 대거 참여했지만, 연예계 쪽 인물은 찾아보기 어려웠는데 예상하지 못했던 이병웅이 등장하자 호텔이 금방 쑥대밭으로 변했다.

"이병웅이 여기 왜 온 거지?"

"그걸 내가 어떻게 알아, 일단. 전화부터 때려!"

"이런 씨발, 뭔 일인지 모르겠네."

취재를 나왔던 경제계 기자들이 난리 법석을 쳤다.

이병웅이 떴다는 건 정설아의 결혼식에 몰렸던 모든 시선을 단박에 바꿔놓았다.

갓 보이스는 유럽 콘서트를 끝으로 3개월 동안 유령처럼 모습을 감춰 어떤 언론사도 그의 동향을 보도하지 못했다.

이병웅은 사람들의 숲을 뚫고 예식장으로 직행했다.

이미 식은 시작된 상태였고, 식장은 하객들로 바글거려 빈자리를 찾을 수 없었다.

"그냥 봐야겠네."

"그래야겠어. 정말 엄청나게 많은 사람들이 왔구먼."

예식을 방해할 생각은 조금도 없었으나 상황은 그들의 의도대로 흘러가지 않았다.

식장에 들어온 지 얼마 되지 않아 수많은 기자들이 들이닥치며 식장을 엉망으로 만들었기 때문이었다.

그들은 모두 이병웅이 나타났다는 소식을 듣고 미친 듯이 달려온 사람들이었다.

수많은 기자들이 사진을 찍었고 조금 지나니 방송용 카메라까지 나타났으나, 이병웅은 꼼짝도 하지 않은 채 연단 앞에 서 있는 정설아의 모습을 바라보았다.

오랜 시간.

그를 위해 살아준 여인을 보내는 순간.

아름다운 그녀의 모습을 보면서 또다시 미안함이 피어올랐다.

처음 접근한 것부터가 그녀를 이용하기 위함이었다.

투자의 귀재라는 그녀의 존재는 자신의 계획에 반드시 필요했기에 몸을 취했고, 그런 관계를 10년간이나 이어왔다.

모두 자신의 욕심으로 비롯된 것이었다.

물론 그녀가 결혼을 했다고 자신의 곁을 떠나진 않겠지만, 인간적으로 여자인 그녀에게 미안하단 마음은 숨길 수 없었다.

식이 모두 끝날 동안 기자들의 숫자는 점점 불어나 식장이 난장판으로 변했다.

기자들은 이병웅이 여기에 온 이유를 소리쳐 물었는데, 정설아와의 관계가 너무나 궁금했던 모양이었다.

"가자."

"피로연 안 가고?"

"이런 상태에서 뭘 먹을 수 있겠어. 누나는 신혼여행 갔다 와서 만나면 돼."

"하긴, 그렇기도 하겠네. 저 틈바구니에서 밥 먹다가 체할 것 같아."

"밥은 먹어야지?"

"조용한 곳 가서 우리끼리 하지 뭐."

친구들과 함께 호텔을 빠져나와 무작정 신림동으로 향했다.

그들이 빠져나오자 언론 차량들이 새까맣게 따라왔으나 정두영은 귀신같은 운전 솜씨로 차량들을 따돌리며 대로를 질주했다.

도착한 곳은 신림동에 있는 허름한 식당이었다.

대학교 때 자주 가던 중국집이었는데, S대에서 5분 거리밖에 걸리지 않는 집이었다.

친구들이 앞장서고 이병웅은 모자를 깊게 눌러쓴 채 얼굴이 보이지 않도록 주의했다.

괜히 정체가 드러나 식사를 방해받고 싶지 않았다.

허름했어도 이곳엔 룸이 있어 막상 안으로 들어가자 완벽하게 차단이 되었다.

더군다나 오후 2시가 훌쩍 지났기 때문에 손님들도 없었다.

요리를 시켰고 반주로 고량주도 시켰다.

그런 후 오랜만에 친구들과 함께 술을 마시기 시작했다.

막상 이곳에 도착하자 대학 시절의 추억이 올올히 떠올

랐다.

　그들은 부자다.

　그것도 천문학적인 돈을 굴리는 금융계의 거물들이었으나 추억이란 놈은 현재의 모습이 어떻든 변하지 않는다.

제37장
신의 돈

 추억을 곱씹으며 한동안 웃고 떠들던 이병웅과 친구들의
주제가 옮겨졌다.

 천생 투자가다.

 천문학적인 돈을 운용하고 있으니 어쩌면 그들의 주제가 투
자로 옮겨 온 것은 당연한 일일 것이다.

 "철욱아, 부동산 쪽은 어때?"

 "워낙 많이 올라서 이젠 매입을 중단한 상태야. 부동산에
투자된 금액은 전부 합해서 20조 정도 되는데, 현재 가치로
수익률은 70%까지 올라왔어."

"더 이상 매입하지 마. 조금 있으면 연준에서 양적긴축을 시작한다는 정보가 들어왔다."

"그럼 팔아야 되는 거 아냐?"

"아니, 섣불리 움직이면 안 돼. 난 아직도 연준의 행동을 의심하고 있거든."

"뭘?"

"그자들이 과연 풀어놓은 돈을 전부 회수할 수 있을까? 난 자꾸 그들이 그렇게 하지 못할 거란 생각이 들어. 더군다나 지금 경제는 서서히 꺼꾸러지는 중이야. 유럽과 일본이 특히 심하지. 유럽과 일본은 경제가 안 좋아서 미친 듯 돈을 찍어내고 있어."

"연준이 양적긴축을 하면 그자들도 풀어놓은 돈을 회수해야 돼. 그러니까 기준은 연준으로 봐야지."

"과연 그럴까? 그놈들은 기축통화의 일원들이야. 경제가 꼴아 박히는데, 연준이 양적긴축을 한다고 풀어놓은 돈을 회수할 수 있겠어? 절대 그렇게는 못 해."

"뭐냐, 그럼. 한쪽은 당기고 한쪽은 계속 풀면 환율이 급격하게 변하겠구먼."

"그렇지. 아마, 달러의 강세가 한동안 지속될 거야."

"그렇다면?"

"주변이 어수선하면 미국도 힘들어져. 미국 경제가 아무리

강하다 해도 주변국들이 무너지기 시작하면 미국도 결국 흔들리게 될 거야. 그렇지 않을까?"

이병웅의 질문에 두 사람의 표정이 슬쩍 변했다.

무슨 생각을 하고 있는지 단박에 짐작했기 때문이었다.

"그럼 네 생각엔 연준이 양적긴축을 끝까지 밀어붙일 수 없다는 거구나?"

"그럴 가능성이 상당히 커."

"경제가 위축되는 낌새만 보이면 다시 풀고?"

"당연한 거 아니겠냐. 한번 달콤한 꿀을 빨아본 놈들은 그 맛을 잊지 못하는 법이거든."

"그렇다면 주식 처분에 관한 것도 다시 생각해 봐야겠군. 이번에 다시 돈이 풀리면 그 양은 엄청날 테니."

"그 전에 강한 디플레이션이 먼저겠지. 연준도 핑곗거리가 필요할 테니 마찰적 조정은 거쳐야 된다고 생각할 거야."

"그건 그렇지만, 단정할 수는 없다. 상황을 보면서 판단해야 돼."

한번 세계경제에 관한 이야기가 나오자 세 사람이 동시에 자신의 생각들을 풀어냈다.

이병웅의 간단한 말 한마디가 시작되면서 전 세계의 경제 상황과 앞으로 벌어질 일들이 전부 풀려 나와 정제되고 압축되어 분석되었다.

만약 누군가 이들의 이야기를 들었다면 입을 쩍 벌렸을 것이다.

그들이 이야기하고 있는 건 향후 세계경제가 걸어갈 수밖에 없는 미래였고, 국가의 존망이 달린 중차대한 것들뿐이었다.

"중요한 사실이 하나 더 있다."

"뭐?"

"JP모건이 계속 은을 매집하고 있어. 반면에 중국과 러시아, 헝가리, 터키, 인도 등은 미친 듯 금을 사들이는 중이야."

"진짜! 그놈들이 왜?"

"계속 고민해 봤는데 이유는 하나로 자꾸 모여지더라."

"어떤 이윤데?"

"JP모건 이 새끼들은 연준의 대리인이야. 그리고 지금 금을 사고 있는 자들은 미국과 반대편에 서 있는 세력들이지. 대충 감이 안 와?"

"병웅아, 난 진짜 모르겠다. 그러니까 속 시원하게 말해. 자꾸 답답하게 만들지 말고."

이번에도 알아들을 거란 생각은 틀렸다.

홍철욱과 문현수는 지금까지 보여준 금융 전문가로서의 체면을 완전히 구긴 채 이병웅의 얼굴만 바라보고 있었다.

아무리 생각해도 이해되지 않는다.

각국의 중앙은행들이 금을 사들이는 것도, 미국의 대리인이라는 JP모건이 은을 대량으로 매집하는 것도 투자의 정석에 전부 어긋나는 짓들이었다.

　"현재 실물금은 G7이 대부분 움켜쥐고 있어. 공식적으로 제일 많이 보유한 건 미국이고 영국과, 프랑스, 일본등이 그 뒤를 잇고 있지. 하지만 정확한 건 아냐. 혹자는 미국이 보유하고 있는 8,200톤이 서류상으로만 존재한다고 하더군."

　"그러니까 각국 중앙은행들이 금을 사재기하는 이유가 뭐냐고!"

　"난 그들이 달러의 패권에 의심을 갖기 시작한 것으로 본다."

　"달러의 패권에?"

　"우리가 조금 전까지 토의한 양적긴축과 양적 완화와 연계시키면 금방 답이 나와. 아무래도 그들은 미국이 풀어놓은 돈을 전부 회수하지 못한 채 다시 양적 완화를 시작할 거라 판단한 것 같아."

　"휴우, 그걸 지금 설명하는 거니. 왜 그런데 우린 못 알아듣냐?"

　"이 자식아. 머리 좀 굴려봐. 그 잘 돌아가는 머릴 왜 안 쓰는 거야?"

　"굴려도 잘 모르겠으니까 그렇지."

"만약, 미국이 양적긴축을 다 못 하고 다시 경제가 침체에 빠져 양적 완화에 돌입한다면 어떤 현상이 벌어질까?"

"당연히 달러 가치가 떨어지겠지."

"그냥 양적 완화가 아니라면?"

"미치겠네. 네 말은 이전보다 훨씬 거대한 양적 완화를 말하는 거 같은데, 설마 그런 일이 벌어지겠어?"

"난 벌어질 가능성이 농후하다고 생각해. 그게 아니라면 각국의 중앙은행들이 바보가 아닌 이상 실물금을 그리 막대하게 사들일 이유가 없어. 만약, 진짜 미국이 양적 완화를 다시 시작하게 된다면 달러 체계는 무조건 무너진다. 그렇게 되면 세계는 새로운 금융시스템을 만들어내야 해."

"금본위제!"

"빙고."

홍철욱과 문현수의 얼굴이 동시에 무섭게 굳어졌다.

금본위제는 1973년까지 세계 공통으로 쓰이는 금융시스템이었다.

그러나 베트남전쟁으로 인해 막대한 재정적자를 감당하지 못한 미국이 금본위제를 폐지하고 신용화폐 시스템으로 전환하면서 역사의 뒤안길로 사라졌다.

누군가는 금과 은을 신의 돈이라고 부른다.

인류의 역사와 함께 가장 오래 사용된 화폐가 바로 금과 은이었기 때문이었다.

"병웅아, 네 말이 맞다고 쳐. 그리고 가만히 생각해 보니 그럴 가능성도 농후하긴 해. 앞으로 경제가 문제 생기면 분명 연준은 또다시 돈을 살포할 거야. 지금까지 해온 걸 보면 각국의 중앙은행들도 그럴 것이고. 그렇다면 당연히 신용화폐의 생명은 소멸될 거고 네 말대로 금본위제로 환원될 가능성도 커. 그럼 말이야, 은은? 미국 놈들이 은에 손대는 건 왜 그런다고 생각해?"

"어쩌면 진짜 미국은 8,200톤의 금을 보유한 게 아닐지 몰라."

"설마!"

"미국은 2차 대전 후 세계의 금을 쓸어 모았어. 심지어 영국이나 프랑스도 미국에게 금을 맡겼었지. 그러다가 서서히 각국이 자신들의 금을 회수해 가기 시작했는데 약소국의 금들은 아직도 돌려주지 않고 있어. 안 줄 이유가 없는데 말이지."

"내 건데 왜 안 줘. 끝까지 달라고 하면 어쩔 건데?"

"미국은 세계의 경찰 역할을 자처하면서 지금까지 국제사회에서 깡패 역할을 해왔다. 정치적으로, 또는 경제적으로. 약소국이 함부로 내놓으라 말하지 못한 건 그들의 보복이 두려웠기 때문이야."

"환장하시겠네."

"그러니까, 미국 놈들은 금이 부족하니까 은을 산다?"

"맞아."

"금본위제로 환원되는 데 은이 무슨 필요 있어?"

"진짜로 미국에 금이 부족하다면 그들이 금본위제에 동의할까. 자칫하면 세계의 패권을 뺏길 수 있는데?"

"아, 머리 아파. 그래서 은을 어디다 쓴다는 거야?"

"금은본위제."

"헉, 금은본위제?"

"과거 베트남전쟁으로 화폐의 양이 급속히 늘어나 금본위제가 한계에 부딪쳤을 때 국제사회는 금은본위제에 대해서 논의한 적이 있었어. 그러다가 미국이 반대하면서 신용화폐 시스템으로 넘어왔지. 놈들이 은을 충분히 확보한다면 가능한 일이다."

"말도 안 돼. 금과 은은 가격 차이가 엄청난데 그래 봤자 무슨 소용이야. 미국이 은을 아무리 매집해도 금을 많이 가진 나라한테는 안 되잖아."

"상식을 뒤집는 건 일도 아니야. 특히, 미국같이 막강한 군사력과 경제력을 보유한 나라에겐 더 쉽지. 현재 금은비가 1:90 정도 된다. 만약 미국이 은값을 무차별적으로 끌어올려서 1:1로 만든다면 어쩔래?"

이병웅의 말에 이젠 친구들의 얼굴이 노래졌다.

막상 그의 말을 듣자 전혀 불가능하지 않게 느껴졌기 때문이었다.

"씨발, 그게 맞다면 우리나라는 큰일 났네. 우린 아무것도 가진 게 없잖아!"

"있어. 2013년에 한국은행 총재가 금값이 가장 비쌀 때 120톤을 샀다. 지금은 영란은행에 보관 중이야."

"미친, 하필이면 가장 비쌀 때 사. 그리고 샀으면 우리나라로 가져올 것이지 왜 거기다 보관하고 지랄이야?"

"운송료 때문에 그랬다는데 일각에서는 영국에서 반대했다고 하더라."

"왜?"

"만약의 사태에 대비해서 반대한 건 아닐까? 혹시 금본위제가 진짜 가동되면 떼먹으려고?"

"좆 까라 그래. 뭐 그런 개새끼들이 다 있어!"

"어쨌든, 돌아가는 꼴이 수상해. 그래서 말인데⋯ 서서히 우리도 금과 은을 매집해야 될 것 같아."

"우리가 왜? 진짜 세계 금융시스템이 위험하다면 그런 건 정부에서 준비해야 되는 거잖아."

"너도 우리나라 꼴을 봐라. 우리나라 정치는 세계 최하 수준이야. 정치인들의 등쌀에 정부에서 금과 은을 살 수 있을 것 같아?"

"그런다고 우리가 나서냐. 너도 알다시피 금과 은은 변동성이 거의 없어. 투자자들한테는 개미지옥이나 다름없는 거라고."

"알아. 하지만 그 이면을 살펴본다면 충분히 투자할 가치가 있어. 금값은 미국 연준이 달러를 방어하기 위해 찍어 누르는 중이고, 은값은 베어스턴스를 이용해서 JP모건이 찍어 누르고 있지. 그러나 양적 완화가 시작되면 그자들도 결국 손을 들게 돼. 신의 돈은 인간이 함부로 통제할 수 없는 거니까."

"후우, 그래서?"

"내 목표는 금과 은을 전부 세계 정상 수준으로 보유하는 거다. 금은 최소 3,000톤. 은은 3억 온스."

"헉, 니가 진짜 미쳤구나. 그 많은 걸 사서 어쩌려고!"

"병웅아, 자금도 생각해 봐야지. 얼마나 들지 계산이나 해 봤어?"

"최소 120조."

이병웅의 대답에 친구들이 입을 떡 벌렸다.

120조.

정말 미친 짓이다.

왜냐고?

지금 이병웅이 말한 금액은 단순히 매입 금액일 뿐이고 그걸 운송하고 보관하는 것까지 감안한다면 얼마나 더 들지 계산조차 되지 않는다.

더군다나, 금과 은은 금융위기 당시 반짝했다가, 오랜 시간 동안 꺼꾸러져 시세가 꼼짝하지 않는 중이었다.

물론 이병웅의 판단대로 미국과 JP모건이 시세를 조작한다는 의심을 가져왔으나 그게 풀리지 않는 한 '제우스'는 금융시스템에 문제가 생길 때까지 오랜 시간 막대한 자금을 땅속에 묻어놔야 한다.

"너무 큰 모험이네. 그리고 자금 마련도 쉽지 않잖아?"

"쉬워. 너희들도 들었겠지만 내년 초에 이지스를 상장시킬 계획이다. 거기서 들어오는 자금을 때려 박으면 돼."

"이런… 그래서 갑자기 이지스를 상장시키려고 했던 거구나."

"맞아."

"그걸 다 때려 박으면 갤럭시는? 갤럭시는 매년 투자자금이 천문학적으로 불어나고 있어. 네가 자꾸 영역을 확장시키는 바람에. 그건 어쩌고?"

"갤럭시는 갤럭시로 막는다. 쥬피터가 본격적으로 판매되고 하반기에 가상현실게임과 스페이스비전이 출시되면 세상을 뒤집을 수 있어. 거기서 들어오는 수입으로 신분야 투자는 커버가 가능해."

"그렇다면, 제우스의 투자금은 더 이상 늘어나지 않겠군."

"당분간, 그럴 거다. 신제품들이 자리 잡을 때까지 추가 자금 지원은 없을 거야."

"황당한 계획이야. 확실히 이병웅답다. 그런데 왜 자꾸 현혹되는 건지 모르겠네."

"너희 둘이 당분간 고생해 줘. 현재 귀금속은 미국과 중국 시장이 가장 크니까 나눠서 매입을 해."

"비밀리에?"

"가급적 그래야겠지. 남들이 알아서 좋을 건 없으니까."

"언제부터?"

"너희들이 복귀하는 대로. 천천히… 야금야금."

"보관 장소는?"

"우리에겐 천혜의 요새가 있잖아."

"그게 어딘데?"

"1개 연대 병력이 지키는 곳. 대한민국 최정예 특전사가 밀착 호위 하는 장소. 어디겠어?"

"갤럭시!"

"난 최단시간에 최첨단 비밀 창고를 거기다 지을 생각이다. 그러니 너희들은 거길 꽉꽉 채울 수 있도록 사들이기만 해."

"제우스의 이름이 노출되면 안 되겠네. 대가리 많이 굴려야겠어."

"좋은 머리 그냥 내버려 두면 죄받아. 그러니까 열심히 굴려서 쥐도 새도 모르게 처리해."

"하아, 누나 결혼식 날. 오랜만에 만나서 즐겁게 술 마시려고 했더니, 또 엄청난 숙제를 주는구나. 하여간 너만 만나면 일거리가 생겨."

"자식들, 엄살은."

두 놈이 인상을 북북 긁으며 불만을 토로하자 이병웅이 그들의 빈 잔에 술을 따라주었다.

얼마나 웃긴 일이란 말인가.

신림동 허름한 중국집에서 수백조가 왔다 갔다 하고 있었으니 누군가 이 말을 들었다면 기절초풍했을 것이다.

과거, 돈이 없을 때는 모든 게 부러웠으며 하고 싶었던 일도 많았다.

하지만 천문학적인 자본을 가진 지금은 오히려 하고 싶은 일들이 점점 줄어들었다.

그러다 보니 자연스럽게 하나의 야망이 새롭게 자리 잡기 시작했다.

강대국에 둘러싸여 철저하게 소외되고 외면되어 왔던 조국, 대한민국을 당당하고 부강한 나라로 만들고 싶다는 야망.

혼자 잘살면 되지, 왜 그런 생각을 했냐고 묻는다면 특별히 대답할 말이 없다.

국뽕주의자들처럼 무조건 국가를 숭배하려는 건 아니다.

그저, 내가 태어나고 자란 국가에 대한 예의라고나 할까.

또 하나 이유를 든다면.

자신이 판단한 대로 누군가의 음모가 진행되었을 때 불쌍한 대한민국은 또다시 나락으로 떨어질 공산이 컸다.

그자들의 음모가 통하지 않는 곳도 있다는 걸 보여주고 싶었다.

세계를 구할 수는 없겠지만 자신이 계획한 대로 추진만 된다면, 그자들의 마수에서 충분히 대한민국은 지킬 수 있을 것 같았다.

*   *   *

이병웅의 정체가 철저하게 가려져 있는 건 '제우스'란 방패막이 존재하기 때문이다.

모든 투자는 '제우스'의 이름으로 시행되었고, 지금까지 한 번도 벌어들인 돈을 찾지 않았기에 그의 이름은 오직 '제우스'의 비밀 금고에만 숨겨져 있었다.

마치 JP모건의 뒤에 숨어 있는 어둠의 세력처럼.

정설아의 말에 따르면 수많은 곳에서 '제우스'의 실질 주인에 대한 문의가 왔다고 한다.

국정원, 기재부, 국회의원, 심지어 청와대까지.

그러나 그녀는 투자자 보호라는 절대 명분으로 끝까지 이병웅의 이름을 노출시키지 않았다.

그들이 정보 공유를 원한 건 '제우스'가 입을 닫는 한 찾아낼 수 없었기 때문이었다.

아무리 막강한 정보력을 지녔다 해도, 공식 자료상에는 흔적조차 남아 있지 않았으니 이지스의 투자가가 누군지 알아내기는 불가능했을 것이다.

현재 세계 제1의 부자에는 MS의 빌게이츠가 올라와 있고, 아마존의 제프 베조스가 곧 역전할 거란 예측이 있었으나 그들이 보유한 재산은 이병웅에 비한다면 아무것도 아니었다.

이병웅의 자산은 '제우스'만 해도 230조가 넘었고, '이지스' 그룹과 내년 신제품 출시를 앞둔 '갤럭시'까지 합한다면 추정 자체가 어려웠다.

'이지스'는 그렇다 쳐도, '갤럭시'의 자산 가격은 측정 자체가 불가능하다.

갤럭시에 투자된 금액만 따져도 100조에 육박했고, 그곳에서는 2017년 출시되는 신제품 이외에도 수많은 기술들이 존재했다.

그중 압권은 단연 4차 산업 분야지만, 군사 무기 쪽에도 무서운 발전을 거듭하는 중이었다.

'갤럭시'가 주력으로 개발하는 무기는 전투기와 미사일이었고, 적의 레이더를 무력화시키는 이지스 시스템과 핵추진잠수함 등이었다.

그 배경에는 양자컴퓨터가 있다.

현재 대한민국의 기업들이 압도적인 기술력을 선보이며 무섭게 약진하고 있는 것도 극비리에 보급된 양자컴퓨터의 힘이 작용했기 때문이다.

지금 자신과 함께 걸어가는 친구들, 그리고 정설아도 상당한 자산가로 변해 있었다.

그들의 연봉은 전부 30억이 넘는다.

그동안 이병웅의 투자 전략에 따라 자신들의 자산을 운영했기 때문에 세 사람 다 천 억 이상의 자산을 보유하고 있었다.

"병웅아, 호텔에 가서 한잔 더 하자."

"오랜만에 들어왔는데 부모님하고 보내."

"3일 동안이나 효도했어. 부모님 모시고 외식도 했고 영화도 보여 드렸다. 우리 엄마가 그러는데, 이젠 풀어줄 테니까 실컷 놀다 오라고 그러시더라."

"그럼 애인이라도 만나든가."

"넌?"

"뭐?"

"넌 어쩌려고 그래, 결혼 안 할 거야?"

"니들 다 보낸 다음에."

"지랄하네."

"너 사귀는 사람 있다고 했잖아. 그 사람 어때. 결혼 생각은 있어?"

"그렇지 않아도 생각 중이야."

"데려오지 그랬어. 얼굴 좀 보게."

"놀라 죽으라고?"

"뭔 소리야?"

"그 사람 니가 내 친구라는 거 몰라. 몇 번 말했는데 농담인 줄 알더라. 그리고 오늘은 일 때문에 못 온다고 했어."

"그럼 언제 보여줄 건데?"

"나야 언제나 콜이지. 네가 부담 느끼지 않는다면야 뭐가 걱정이겠어. 날짜만 잡아."

"내 일정보다 제수씨 일정이 더 중요하지. 네가 정해. 그러면 내가 스케줄 비울 테니까."

"오케이."

*   *   *

정설아는 이병웅과의 미팅을 통해 금과 은에 대한 프로젝트를 들은 후 처음에는 너무 놀라 입을 다물지 못하다가 그의 설명을 듣고 나서 천천히 머리를 끄덕였다.

가능한 일이고 만약 그런 일이 벌어지지 않는다 해도 투자의 가치가 충분하다는 판단이 들었다.

금은 1970년부터 지금까지 850%의 상승을 이어왔다.

고점에서 40%가 떨어졌음에도 그렇다.

그럼에도 너무 많다.

이병웅의 계획대로라면 무조건 국가의 지원을 등에 업어야 계획이 성공할 수 있었다.

이병웅의 작전은 치밀했다.

금과 은은 미국과 중국을 중심으로 전 세계시장에서 매집한다는 전략이었다.

그러기 위해 이병웅은 70여 개의 컴퍼니를 만들어 철저하게 분산 매집 하는 작전을 수립했다.

가급적 정체를 드러나지 않게 하려는 의도였다.

그뿐인가.

금괴와 은괴의 수송을 위해 보안, 경계를 전담하는 경호회사까지 군 특수부대 출신의 최정예 병력들을 스카우트해서 설립할 생각이었다.

"병웅 씨, 나 신혼인데 정말 너무해. 혹시 질투하는 거야?"

"미안. 그래도 어쩔 수 없어. 지금 하지 않으면 늦을 것 같거든."

"쳇."

"서둘러야 해. 일단 철욱이하고 현수한테는 현지에서 컴퍼니를 30개씩 만들라고 해놨어. 누나는 나머지만 담당하면 될 거야."

"그게 적어?"

"경호 회사도 서둘러 줘. 인원은 일단 200명 정도로 하고 비싸더라도 진짜로만 스카우트해."

"미치겠네."

"3개월 이내에 모든 준비를 마쳐야 해. 이지스 상장과 동시에 매집을 시작할 테니까."

"신혼의 단꿈은 물 건너갔구나. 아이고, 내 신세야."

"하하… 부탁해."

"어디 가?"

"오늘 현수 애인 만나기로 했어. 결혼 상대자라니까 내가 선을 봐줘야지."

"좋은 건 혼자하고. 나도 보고 싶은데."

"일 끝내면 내가 술 한잔 살게."

"싫어. 이젠 외간 남자랑 술 안 마셔!"

*　　　　*　　　　*

문현수는 이혜정을 대동하고 강남에 있는 한정식집 '미담'

에 들어섰다.

이혜정에겐 아무 말도 하지 않았다.

그동안 여러 번 이병웅이 친구라고 말했지만, 그녀는 언제나 장난 정도로 치부했었다.

물론 굳이 알리려면 그럴 수도 있었으나 그녀와의 관계가 명확해질 때까지 기다리고 싶었다.

남녀 간의 일은 귀신도 모르는 것 아니겠는가.

하지만 이젠 다르다.

며칠 전 양가 부모님 상견례도 마쳤고 결혼 날짜까지 잡았으니 이병웅을 소개해 줘도 괜찮다는 생각이 들었다.

"오빠, 오늘 누가 오는 거야?"

"친구 오기로 했다고 말했잖아."

"철욱 씨는 아니라며?"

"나야 가까우니까 금방 오지만, 미국에 있는 놈이 여길 어떻게 와. 오늘 만나는 건 다른 놈이야."

"궁금하네. 대학 친구, 아니면 회사 친구?"

"대학 친구, 나하고 아주 친한 사이. 대학 때 철욱이까지 합해서 우릴 보고 미남 삼총사라 불렀어."

"호호… 어디 봐요. 우리 오빠 미남이셔?"

'미담'에 들어와 자리를 잡고 앉은 문현수가 농담을 하자 이혜정이 깔깔 웃었다.

그녀를 만난 건 중국이었다.

1년 전.

여행 온 이혜정을 식당에서 우연히 본 문현수가 적극적으로 대시해 중국과 한국을 오가면서 사랑을 키워왔다.

"이놈 왜 아직 안 오지? 전화해 봐야겠다."

문현수가 전화기를 들고 통화 버튼을 눌렀다.

그러자, 문밖에서 노랫소리가 들리더니 문이 열리며 이병웅이 나타났다.

이혜정은 스르륵 열린 문을 통해 이병웅이 들어서자 입을 떡 벌린 채 움직이지 못했는데, 그대로 두면 기절할 것 같은 모습이었다.

"안녕하세요. 말씀 많이 들었습니다. 늦어서 죄송합니다."

"어… 어, 아뇨. 저희도 방금… 그런데 어떻게……?"

"뭐냐, 너. 혜정 씨한테 안 가르쳐 줬어?"

"응, 놀래주려고."

문현수가 곧 기절할 것 같은 이혜정을 바라보며 웃자 이병웅이 그를 향해 혀를 찼다.

"넌, 아직 철들려면 멀었어. 혜정 씨 제가 대신 사과드릴게요. 저놈이 아직 철이 덜 들어서 그래요."

"휴우… 후우……."

"물 드릴까요?"

"…괜찮아요."

아직도 충격이 가시지 않은 듯 이혜정은 쓰러지듯 자리에 주저앉았다.

농담으로 들은 적이 있었지만, 진짜 이병웅이 나타날 줄은 꿈에도 생각하지 못했던 것 같았다.

화면에서나 봤던 남자, 이병웅.

살아 있는 전설이라 불리는 그의 출현은 충격 그 자체였다.

*　　　　　*　　　　　*

KAI(한국 항공우주산업 주식회사)의 사장 윤기룡은 부리나케 들어오는 기획실장을 보면서 슬쩍 인상을 긁었다.

그는 서두르는 걸 극도로 싫어했지만, 허둥지둥하는 기획실장의 모습을 보자 저절로 표정이 굳어졌다.

기획실장은 눈치가 빠르고 머리가 잘 돌아갔기 때문에 웬만한 일로 이렇게 뛰어왔을 리 없었다.

"문 실장, 무슨 일이야?"

"사장님, 국방부 장관이 급히 들어오시랍니다."

"왜?"

"오후 3시에 긴급회의가 있다고만 했습니다. 그런데 회의 장소가 청와대랍니다."

"그게 뭔 소리야! 누구 주잰데?"

"그건 알려주지 않았습니다."

"알려주지 않았다고?"

"그렇습니다."

기획실장이 송구한 얼굴로 얼굴을 붉히자 윤기룡의 얼굴이 다시 한번 일그러졌다.

회의를 한다면서 누가 개최했는지도 가르쳐 주지 않는다는 건 지금까지 한 번도 없었던 일이었다.

천천히 전화기를 꺼내 통화 버튼을 눌렀다.

모르고 간다는 건 바보짓이다. 어떡하든 회의 내용을 파악하고 들어가야 병신 짓을 면할 수 있다.

더군다나 청와대가 회의 장소라면 더더욱 그렇다.

"아, 장관님. 윤기룡입니다."

"출발 안 하셨습니까?"

"뭘 알아야 출발을 하죠. 무슨 회의를 하는 건지 알고 가야 되는 거 아닙니까?"

"죄송합니다. 저도 급히 연락을 받아서 정확히는 모릅니다. 안보수석에게 전화가 왔는데, 무조건 들어오란 소리만 하더군요."

"알겠습니다."

머리가 팽팽 돌았다.

안보수석이 직접 전화를 했다는 건 그의 주재가 아니란 뜻이다.

그렇다면, 대통령일 수도 있다는 건데…….

그런 판단이 서자 윤기룡은 급히 기획실장에게 최근 개발 중인 신형 전투기와 무기들의 현황을 가져오라고 지시했다.

어떤 걸 물어볼지 모르지만 일단 그것만 챙겨도 병신 짓은 면할 것 같았다.

청와대에 들어서자 비서실장이 기다리고 있다가 마중을 했다.

이것도 의외다.

비서실장이 직접 나와 있다는 건 그의 추측대로 이번 회의 의 주재자가 대통령이란 뜻이 된다.

정중하게 인사를 마치고 그의 안내에 따라 접견실로 들어서자 2명의 인물들이 앉아 있는 게 보였다.

국방부장관과 한화테크윈의 정국명 사장이었다.

긴장한 상태로 기다렸다.

여기까지 와서 회의 내용이 뭐냐는 등 주재자가 대통령이 맞냐고 묻는 건 하수들이나 하는 짓이다.

KAI의 주력은 항공기 제작과 UAV(무인기), 그리고 위성 개발 등의 우주 사업이었다.

이미 훈련기는 개발이 끝나고, 지금은 KF-X 사업을 추진 중이었으나, 미국 쪽에서 기술 이전을 해주지 않는 바람에 난관에 부딪친 상태였다.

대통령이 직접 회의를 주재한다면 자신에게 질문할 건 KF-X 사업이 유력했다.

대통령이 나타난 건 가져온 차가 바닥을 드러낼 때였다.

예상이 맞았다.

하지만 그의 뒤에서 따라온 인물을 확인한 순간, 그의 입이 저절로 벌어졌다.

그는 다름 아닌 재계의 신화 이지스의 윤명호 회장이었기 때문이었다.

"여러분, 회의가 길어져서 조금 늦었습니다. 죄송합니다."

회의가 길어져?

그렇다면 대통령과 윤명호는 모종의 장소에서 회의를 하고 왔다는 뜻이다.

그리고 그건 자신들을 부른 이유와 밀접한 관련이 있을 것이다.

"여러분을 모신 건 국가 기밀 사항을 논의하기 위함입니다."

대통령의 선언에 아무도 말을 하지 못했다.

예측했던 것과 전혀 다른 내용이 나오자 참석자들은 눈만 껌뻑이며 대통령의 얼굴만 쳐다볼 뿐이었다.

"지금부터는 윤명호 회장님께서 회의 내용을 말씀드릴 겁니다. 이미 저는 들었으니 여러분도 경청하시기 바랍니다. 회장님 말씀하시죠."

"안녕하세요, 윤명호입니다. 저는 오늘 저희 갤럭시가 개발한 신기술들을 여러분과 공유하고자 합니다. 갤럭시는 아주 오래전부터 전투기 개발과 미사일에 대한 연구를 해왔습니다. 프로젝트 '청룡'과 '태극'이 바로 그것입니다. '청룡' 프로젝트 안에는 그동안 우리나라가 보유하지 못했던 기술들. 즉, 이지스 시스템과 통합전자전, 전자광학 추적 장비가 포함되어 있고 수백 개의 표적을 동시에 추적하는 AESA 레이더와 작전거리 3,000㎞가 가능한 신형 엔진까지 담겨 있습니다. 거기에 최신형 미사일 시스템까지 겸비되어 미국이 자랑하는 F-22랩터와 비견될 정도의 성능을 자랑합니다."

윤명호 회장의 설명을 들으며 윤기룡의 얼굴이 노래졌다.

지금 윤명호 회장이 거론한 기술들은 꿈속에서도 가지고 싶었던 최신예 전투기들의 핵심 기술들이었기 때문이었다.

얼마나 개발하고 싶었던가.

F-35A를 수입하는 조건으로 기술 이전을 요구했으나, 미국은 전투기만 인도한 후 매번 입을 쓰윽 닦는 바람에 아직도 KF-X 사업은 제자리를 걷는 중이었다.

거기에 작전 반경이 무려 3,000㎞라니.

이게 정말이라면 세계 최고의 성능을 자랑하게 된다.

윤명호 회장의 설명은 전투기에 이어 미사일로 넘어갔다.

들을수록 기가 막힌다.

한화 쪽에서는 현재 1,500㎞의 현무미사일 개발이 거의 완료 단계에 있는 것으로 알려졌는데, '태극' 프로젝트에서 완성된 것은 3,000㎞ 와 5,000㎞짜리였다.

"저희 '갤럭시'가 전투기와 미사일을 개발한 것은 오로지 부강한 국가를 원했기 때문입니다. 따라서, 저희는 이 기술들을 개발했지만 직접 제작하지 않을 생각입니다. 다시 말해, 여러분께 제공하겠다는 겁니다."

"그게… 정말입니까!"

"다만, 저희들도 이 기술들을 개발하느라 천문학적인 금액이 소요되었습니다. 대통령님과 의논한 끝에 정부가 50%를 부담하고 나머지 50%는 두 회사가 부담하는 것으로 합의가 되었습니다. 동의하시겠습니까?"

이 정도의 기술들을 자체적으로 개발했다면 최소 10년 이상은 걸렸을 것이다.

그것도 전투기와 미사일 부분의 세계적인 연구진들이 달라붙어야 가능하다.

그런 기술들을 아낌없이 나눠주겠다는 뜻이다.

황금알을 낳는 기술들을.

그랬기에 참석자들은 믿을 수 없다는 눈으로 윤명호를 향해 고개를 끄덕였다.

*   *   *

2017년.

새해에 들어오면서 전 세계의 금융과 경제계는 '이지스' 그룹의 상장과 '쥬피터'의 출시 일정이 잡히며 발칵 뒤집혔다.

그것뿐만이 아니다.

'갤럭시'에서 개발한 '뉴월드-1'이 발표되자, 전 세계 휴대폰 업체가 몸살을 앓기 시작했다.

금년 9월에 출시되는 '뉴월드-1'은 음성인식 시스템으로 모든 명령이 이루어지며, 화면을 스페이스비전으로 대체한 꿈의 핸드폰이었다.

손목에 착용해서 사용하기 때문에 휴대가 용이했고 화상통화와 영화 관람, 심지어 인터넷 검색까지 전부 스페이스비전으로 사용 가능한 획기적인 제품이었다.

'뉴월드-1'이 판매되는 순간, 전 세계 휴대폰 시장에 한바탕 폭풍우가 치게 될 것이다.

당장, 삼전과 애플의 주가가 하락하고 있는 것도 '뉴월드-1'의 존재 때문이었다.

'이지스' 그룹의 상장은 3월, 자체 충전 전기자동차 '쥬피터'의 출시는 6월, '뉴월드-1'이 9월로 잡혔다.

하나하나가 전부 폭탄이나 다름없다.

'이지스' 그룹의 상장은 전 세계 금융 투자자의 관심을 한 몸에 끌어모았다.

'이지스' 그룹의 주력 기업 '포세이돈', '아폴론', '아테네'의 기업 가치는 공히 500조에 육박해서 삼전을 뛰어넘고 있었다.

매출액은 적었지만 영업이익이 삼전의 2배 이상이었기 때문이었다.

더군다나 '이지스'의 기업들은 부채율이 0%일 정도로 탄탄한 재무구조를 가진 회사들이었고, 시장 확대 면에서 봐도 그 성장성이 무궁무진했다.

'이지스' 그룹이 밝힌 상장 비율은 40%. 간단하게 계산해서 이번에 상장하는 규모는 전부 합하면 600조에 달했다.

그중 반이 외국인 투자가에게 할당되고 나머지 반이 한국 시장에 배정되는데, 국내외 할 것 없이 공모에 참여하기 위해 현금을 마련하느라 떠들썩했다.

글로벌기업으로 발돋움한 '이지스'의 기업들은 매년 압도적인 매출액 신장을 기록하며 승승장구했기에 공모에 당첨만 되면 로또에 당첨되는 거나 마찬가지였다.

'이지스'의 주력 기업들이 판매하는 제품의 독보적인 특성 때문이었다.

비록 첨단 과학 제품은 아니었지만, 현재 주력 기업들이 판매하는 '헤르메스'와 '헤스티아', 'XF-7'은 그 성능이 입증되면서 전 세계인들의 사랑을 받고 있었다.

경쟁자가 없다는 건 엄청난 메리트를 가졌다는 뜻이고, 그 제품이 일상생활에 반드시 필요한 것이라면 더 말할 필요조차 없게 된다.

*　　　　　*　　　　　*

'아레스-1'이 조용하게 출시 준비가 되고 있었던 건, 금융계가 '이지스'의 공모를 위해 총알을 준비하느라 주식시장이 일대 혼란을 겪고 있을 때였다.

다른 이벤트가 워낙 커서 묻혔지만, '아레스-1'의 출시는 2월로 예정되어 있었다.

가상현실게임 '아레스-1.'

기존의 게임시장을 완전히 파괴해 버리는 독창성, 그리고 최첨단 기기 시스템.

'아레스-1'은 컴퓨터나 텔레비전에 연결하지 않고 프로그램이 탑재된 고글만 쓴 채 무선통신망을 통해 운용되기 때문에, 언제 어디서나 게임이 가능했다.

'아레스-1' 출시 기념으로 '갤럭시'에 초청된 이병웅은 김윤환 박사의 안내를 받아 대강당으로 들어섰다.

강당에는 100여 명의 '갤럭시' 연구원들이 먼저 와 있었는데, 그가 들어서자 열렬한 환호로 맞아주었다.

오늘 그가 '갤럭시'에 온 것은 공식 '아레스-1'의 광고모델 자격이었다.

김윤환은 장비를 넘겨주며 게임기의 사용 방법과 게임 방식 등을 설명해 주었다.

금방 알아들을 정도로 쉬웠다.

게임의 구동은 손에 쥐게 만들어진 특수 스틱으로 이루어졌고, 게임의 방식도 몇 번 해보자 금방 알 수 있었다.

그럼에도 그 성능은 깜짝 놀랄 만큼 대단했다.

작년에 왔을 때 경험했던 것보다 그래픽과 현실성이 한층 진화되어 진짜 전장에 들어선 기분이 들 정도였다.

'아레스-1'은 게임 참여자가 편을 나누어 승부를 가르는 방식이었는데, 각 방마다 정해진 숫자만큼 입장이 가능했고 15개의 전장을 선택할 수 있었으며, 방마다 총포류와 칼 등의 전통 무기를 선택해서 플레이할 수 있도록 구분해 놓았다.

재미있는 건 게임 속의 신체를 스스로 만들 수 있다는 것이었다.

김윤환 박사의 설명에 따르면 정교하게 조작할 경우 플레이어 자신의 모습도 만들어낼 수 있다고 한다.

"여러분, 오늘은 '아레나-1'의 출시를 기념해서 전속 광고모델인 이병웅 씨를 어렵게 초청했습니다. 그동안 수고하신 여러분을 위해 제가 간청해서 모셨으니 이병웅 씨와 재미있는 시간을 보내시기 바랍니다."

인사를 끝낸 김윤환 박사가 먼저 고글을 쓰자 이병웅도 게임을 작동시켰다.

간단한 조작을 끝내고 전장으로 들어서자 금방 아군과 적군의 모습이 구별되었다.

아군은 적색 전투복으로 통일되었는데, 50명이 거대한 공터에 집결한 상태였다.

"먼저 무기부터 챙깁시다. 상대방은 3㎞ 전방에 집결해 있을 테니, 주변을 수색해서 총과 실탄을 챙기세요."

중앙에 있는 사람이 아군을 향해 지시를 내렸다.

그는 개발자인지 게임에 대해 자세히 알고 있었는데, 무기가 어디쯤 있는지까지 일일이 가르쳐 주었다.

그의 지시에 따라 여기저기 흩어져 있는 건물을 향해 달려갔다.

아우.

이게 게임이 맞나.

비록 제자리에서 뛰고 있었지만 발을 구르는 속도에 따라 몸이 빠르게 앞으로 튕겨 나갔다가 느려지기도 했다.

더군다나, 모든 장애물이 실제처럼 느껴졌기에 순간순간 방향을 틀거나 뛰어오르고 어떨 땐 기어 다녀야 했다.

아군들이 부지런히 총과 탄약을 수집하는 게 보였다.

서둘렀다.

이런 게임에서는 행동이 느리거나 엉뚱한 짓을 하면 아군에게 피해를 줄 수밖에 없었다.

총은 전부 다르게 생겼으나 성능은 비슷해 보였다.

연발 사격이 가능했고 저격용 망원경까지 달려 있었는데, 막상 갈겨보자 총성이 묵직하게 귀를 울렸다.

"전부 총을 획득했으면 전진합시다. 먼저 10명씩 분대 단위로 나누겠습니다. 몰려가다 기습을 당하면 전부 몰살당할 테니까요. 각 분대장은 부대를 지휘해서 적을 공격해 주시기 바랍니다. 이젠 시간이 되었네요. 아시겠지만 시간이 지날수록 전장의 범위가 축소된다는 거 잊지 마십시오."

이거 정말 재미있다.

리더의 지시에 따라 사람들이 10명씩 모였고 분대장을 정한 후 적진을 향해 출발했다.

후방 장벽이 10분에 100m씩 줄어들기 때문에 도망갈 곳이 없어 무조건 적을 죽여야 승리할 수 있는 게임이었다.

막상 총을 잡고 전진하자 긴장이 스멀스멀 피어올랐다.

주변의 구조물이 실제와 흡사했고, 분대원들이 장애물을 피해 전진하는 모습은 군대 시절을 연상시키기에 충분했다.

척후병이 앞으로 나섰고 본대가 뒤를 받치는 형상.

얼마나 지났을까.

전면에서 총성이 울리며 전투가 시작되었다.

이병웅은 다른 1명에게 따라오라는 신호를 보낸 후 허리를 바짝 숙인 채 좌측 계곡을 향해 뛰었다.

외곽으로 돌아 적의 측면을 치기 위함이었다.

예상대로 적들은 바위 뒤에 은닉한 채 총을 쏘고 있었는데, 자신과 비슷한 생각을 했던지 2명이 반대쪽으로 돌아 나가는 게 보였다.

조금 더 접근한 후 따라온 아군에게 신호를 보내고 총을 갈겼다.

동시사격에 2명을 사살했으나 나머지 적군이 반격을 가해왔다.

머리를 꽉 숙인 채 좌측으로 엉금엉금 기어 위치를 이동한 후 벌떡 일어나 또다시 한 명을 사살했다.

봤지.

이게 육군 병장 출신 사격 실력이라고.

아직 한 명도 못 잡은 아군을 향해 씨익 웃어준 후 또다시 벌떡 일어나 총을 쐈다.

어라.

별 기능이 다 있다.

총이 나가지 않아 탄창을 확인하자 총알이 비어 있는 게 보였다.

*　　　　*　　　　*

"우와, 박사님. 정말 재미있었습니다. 시간이 어떻게 간지도 모를 정도였어요."

"저도 마찬가집니다. 이번이 3번짼데 할 때마다 긴장되고 재미있어요. 늙어서 그런가 대부분 일찍 죽지만 그래도 너무 재미있습니다."

"대박입니다. 제가 게임을 많이 안 해봤지만, 이런 게임은 처음입니다. 실제 전쟁터에서 싸우는 기분이 들어 소름이 막 끼치더군요."

"하하… 대부분 사람들이 그렇게 말합니다."

"그런데, 이 게임기는 얼마에 출시할 예정이죠?"

"대당 63만 원으로 책정되어 있습니다."

"비싸네요."

"비싸긴요. 핸드폰도 100만 원씩 하잖습니까."

"하긴, 그렇죠. 그래도 게임 때문에 63만 원이나 쓸 사람들이 얼마나 될지 걱정됩니다."

"전 하나도 걱정 안 해요."

"왜죠?"

"회장님이 광고모델로 나서는데 안 팔릴 리가 없잖아요. 그리고 한번 팔리기 시작하면 전 세계로 무섭게 팔려 나갈 겁니다. 회장님도 경험한 것처럼 '아레스-1'의 중독성은 엄청나거든요."

"하긴, 그렇죠."

"더군다나 '아레스-1'이 확장될수록 갤럭시의 매출액은 기하

급수적으로 늘어나게 될 겁니다. 버전업 프로그램과 각종 아이템, 맵을 판매하면서 부가적인 매출이 상당히 커질 거예요."

무슨 소린지 금방 알아들었다.

게임 매니아는 아니지만 판매자들이 부가 수입으로 어마어마한 수익을 얻는다고 들은 적이 있다.

김윤석 박사는 '아레스-1'을 이용해서 가상현실에 적용되는 수많은 프로그램들을 판매할 생각인 게 분명했다.

*　　　　*　　　　*

앞으로 다가올 '이지스' 상장에 대응하기 위해 '제우스'의 수뇌부들이 전부 모였다.

미국에서 홍철욱까지 날아왔기 때문에 정설아의 결혼 이후 5개월 만의 회동이었다.

주요 의제는 상장으로 인해 들어오는 자금을 어떻게 활용하느냐는 것이었다.

"3개 회사에서 상장으로 들어오는 총 자금은 589조야. 이 중 금과 은의 매수에 150조를 사용한다 해도 440조 정도가 남아."

"그렇다면 금과 은의 매수를 더 늘리자."

"얼마나?"

"배로 늘려. 총 300조."

"와우!"

이병웅의 결단에 수뇌부가 전부 입을 떡 벌렸다.

과해도 너무 과하다.

300조가 투입된다면 금이 6,000톤, 은이 최소 5억 온스나 된다.

"정말 우리가 예상한 그런 일이 벌어질까?"

"이건 보험이야. 대한민국을 위한 보험. 그리고 그 보험이 통하지 않는다 해도 충분한 투자가치가 있어. 두고 봐. 만약 금은본위제로 가지 않는다 해도 금과 은의 가격은 폭등하게 될 테니까."

"그건 인정. 결국 미국에서 양적긴축을 다 못 하고 다시 돈을 풀게 된다면 무조건 상승할 거야."

"병웅 씨, 그럼 나머지는?"

"100조는 은행에 예치하고 나머지 200조는 미국과 중국의 4차 산업 관련 주식에 때려 박아줘요."

"정부가 박수 치고 좋아하겠네. 100조면 외환보유고 엄청 증가하겠어."

"1,200억 달러가 단숨에 증가할 테니 기재부장관이 만세를 부르겠다."

당연한 일이다.

정부의 외환보유고엔 기업과 개인 소유의 달러까지 전부 포함된다.

달러가 기축통화인 지금.

국가의 달러 보유액은 그 나라의 부강함을 나타내는 상징과 같은 것이다.

삼전에 이어 이지스가 매년 막대한 달러를 벌어들이며 대한민국의 외환보유고는 6,000억 달러까지 늘어난 상태였다.

거기에 1,200억 달러가 증가된다면 대통령과 기재부장관은 그 어떤 나라와도 한판 뜰 수 있는 힘이 생긴다.

"그 많은 금과 은을 어떻게 수입하지. 미국이나 중국 놈들이 알면 시비를 걸 텐데?"

"그래서 78개의 컴퍼니를 만든 거잖아. 전 세계에 있는 금을 야금야금 쓸어 오는 거야. 천천히 서두르지 말고. 진짜 문제가 생기기 전까지 아직 시간은 충분해. 우린 그때까지 최대한 긁어 오면 돼."

"정부는? 금과 은을 들여오려면 세관 통과는 필수잖아?"

"윤명호 회장님이 대통령을 다시 만나야겠지. 벌써 여러 번 만났으니 설득이 가능할 거야."

"하긴, 우리로 인해 대통령 지지도가 역대 최대니까 도와주긴 하겠다."

"국가를 위한 일이라면 대통령은 받아준다. 그분은 사심이 없는 분이라 쉽게 해결될 수 있어. 자, 그럼 세부 사항에 대해 얘기하자……."

이병웅이 중심이 되어 수뇌부들은 2시간 가까이 난상 토론을 벌였다.

기존에 수립되었던 금과 은의 매집 방법과 경호, 보안, 운반, 보관에 관한 세부 대책들이 다시 토의되었고, 남은 자금에 대한 투자 방법도 면밀히 검토했다.

그들은 모두 천재다.

10여 년 동안 산전수전 공중전까지 치렀기 때문에 투자에 대해서는 세상 어떤 놈들과 겨뤄도 지지 않을 자신이 있었다.

거기다 충분한 자금이 뒷받침된 이상 무서울 게 없다.

*　　　　*　　　　*

이병웅은 컴퓨터를 열고 비트코인의 가격을 확인한 후 길게 숨을 내리쉬었다.

250달러 근처에서 매수를 시작해 300억이나 끌어모았는데, 어느새 비트코인 가격은 3,200달러를 찍고 있었다.

단순히 가격만 오른 게 아니라 거래량도 폭증하고 있었다.

현재 가격으로 대충 4천 억이 조금 넘고 있으니 그야말로 미친 듯한 상승세였다.

예전 같았다면 무조건 판다.

7달러에 사서 300억을 벌었고, 그 돈을 다시 투자해서 4천

억을 먹었으니 옛날 같았으면 미련 없이 던졌을 것이다.

하지만 그는 가파르게 상승하는 비트코인 가격과 거래량의 변화, 매매 패턴을 분석하다가 매도하지 않기로 결정했다.

뭔가 이상하다.

마치 비트코인에게서 악마의 진한 유혹 같은 게 느껴졌다.

누군가, 시세를 조작하고 있다는 느낌을 예전부터 강하게 받았지만, 이번에는 확실하게 느낄 수 있었다.

암호 화폐.

향후, 연준이 다가오는 경제위기 시 막대한 화폐를 찍어낼 경우 세계는 새로운 금융시스템으로 전환해야 되는데, 그 중심에 서 있는 게 암호 화폐일 가능성이 컸다.

물론, 금과 은을 담보로 한 암호 화폐다.

그가 이렇게 판단한 이유는 최근 들어 각국 중앙은행의 움직임이 심상치 않았기 때문이었다.

제시카가 보내준 정보에 따르면 터키와 러시아, 중국은 물론이고 JP모건과 심지어 페이스북까지 암호 화폐 개발에 열을 올리는 중이라 했다.

그랬기에 끝까지 가볼 생각이었다.

암중의 세력이 왜 비트코인을 이렇게 끌어올리는지 끝까지 따라가 확인해야 직성이 풀릴 것 같았다.

＊　　　　＊　　　　＊

"언니, 병웅 오빠가 또 광고를 찍나 봐."

"뭐, 기사 나왔어?"

"응, 대한일보에 대문짝만하게 나왔어. 그런데 이번에는 게임 광고를 찍는다네. 가상현실게임? 이건 뭐지?"

"'아레스-1'?"

이선영이 고개를 갸웃거리자 동생인 이선정도 같이 고개를 외로 꼬았다.

게임 마니아는 아니었지만 그래도 여러 개의 게임을 즐겼는데, 가상현실게임이란 게 있다는 건 처음 들어봤다.

"우와, 이거 대단한데. 컴퓨터나 텔레비전이 필요 없다잖아. 단순히 게임용 고글만 있으면 된대."

"쳇, 말도 안 돼."

"기사 읽어봐. 장비가 고글하고 스틱이 전부야. 더 웃긴 건 스스로 움직여서 게임 캐릭터와 동화된다는 거야."

"그럼 막 뛰고, 엎드리고 그래야 해?"

"그렇지."

"상상이 안 가네. 뭔 소린지 이해할 수 없어."

"하긴, 나도 그렇긴 해."

"병웅 오빠, 세계에서 가장 잘나간다는 기업들 광고는 거의

다 했잖아. 콘서트 안 할 때는 광고 찍는 재미로 사나 봐."

"이, 바보야. 그게 얼마나 짭짤한데. 외국 기업들은 병웅 오빠 출연료로 100억씩 내놓는다고 하더라."

"으이구, 좋겠다. 내가 보니까 일 년에 10개 정도는 찍던데, 완전 갑부가 따로 없네. 그 많은 돈 다 어디다 쓰는지 몰라."

"정말 몰라서 그러니? 병웅 오빠 번 돈의 대부분을 불우한 사람 돕는 데 쓰잖아. 이번에도 제우스가 만든 재단에 300억을 기부했단다. 그 오빠 욕심이 없는 사람 같아. 그래서 더 사랑받는 거고. 그동안 전 세계에 뿌린 돈만 3천 억이 넘는다잖아."

"성인군자가 따로 없지. 아, 그 돈 중에 1억만 나 줬으면 좋을 텐데. 그걸로 시집 밑천 장만하게."

"얼씨구, 차라리 병웅 오빠한테 시집가겠다고 그래라."

"그러면 더 좋고. 그런데, 그 재단 괜찮을까? 요즘 하도 나쁜 놈들이 많아서 걱정 돼."

"걱정할 걸 해. 제우스 재단이야. 걔들 완전 미쳤어. 재단을 만들어놓고 매년 3천 억씩 재원을 충당한대. 대한민국 사회에서 불우한 사람이 없도록 만드는 게 제우스 재단의 목적이래."

"우와, 그게 정말이야?"

"어제 대문짝만하게 뉴스에 나왔더라. 앞으로 매년 지원금을 올리겠다고 공언했대."

"완전 미쳤군. 아무리 돈을 잘 벌어도 그렇지. 어이가 없네."

"그래서 삼전이 콧물 쭉 빼고 있는 거 아냐. 자기들은 못 하는 걸 제우스가 하니까 눈치 보여서 요즘 좌불안석이란다."

"그렇기도 하겠네."

"하여간 요즘 우리나라 점점 이상해져. 자꾸만 좋은 쪽으로만 바뀐단 말이지."

"경제가 최고라잖아. 우리나라 기업들이 신기술 쪽에서 엄청난 발전을 하고 있나 봐."

"'쥬피터'에 '뉴월드-1'이 세계경제계를 발칵 뒤집어놓을 거래. 그나저나 나도 그거 사야 되는데… 얼마나 하려나."

"꿈도 꾸지 마. 엄청 비쌀 거야."

"쳇, 그래도 부지런히 돈 모아서 사고 만다. 어차피 차 바꿀 때 됐는데 다른 차를 살 수는 없잖아. 핸드폰도 마찬가지고."

"그건 그렇지."

'아레스-1'의 광고가 터지기 시작한 것은 2월 중순부터였다.

광고가 아니라 아예 영화처럼 보이는 광고였다.

이병웅은 전사가 되어 전장을 누비고 있었는데, 게임의 한 장면이 아니라 현실을 보는 것 같았다.

광고가 방송되고 본격적으로 '아레스-1'의 판매가 시작되자 게임계가 발칵 뒤집혔다.

그동안의 획일적이었던 시스템을 완벽하게 변화시킨 '아레스-1'의 출현은 게임 종사자뿐만 아니라 일반인들까지 충격을 주기에 충분했다.

지금 멍하니 앉아 광고를 보고 있는 주길영과 홍철도 그런 사람들 중 하나였다.

그들은 '스타크래프트' 프로게이머였기에 받아들이는 충격이 훨씬 클 수밖에 없었다.

"저 그래픽 봐라. 정말 끝내주네. 저게 진짜 게임 세상에서 벌어지는 거란 말이야?"

"개인전은 물론이고 단체전까지 가능해. 맵이 15개. 전투복과 신체 구성을 마음대로 할 수 있어. 거기에 자신이 직접 움직여 구동하는 시스템. 정말 끝내주는군. 거기에 승률이 좋은 사람들한테 아이템 보상까지 있어."

"어떻게 생각해?"

"이제 스타크래프트는 끝났다. 아니, 배틀그라운드나 각종 롤플레잉은 전부 맛이 갈 거야. 그뿐이냐, 저런 게임이 나왔는데, 어떤 놈들이 기존 게임을 즐기겠어?"

"머리 잘 돌아가네. 판단력도 좋고."

"우리 직업 잘리겠다. 이제 겨우 랭킹에 올라왔는데. 씨발, 무슨 저런 게임이 나오고 지랄이야!"

"내가 생각했을 때 저건 무조건 뜬다. 아니, 얼마 안 지나 게임계를 완벽하게 장악할 거야. 그렇다면 먼저 움직여야 되지 않을까?"

"답답한 놈아. '아레스-1'의 구동 방식을 생각해 봐. 너처럼 뚱뚱한 놈이 어떻게 프로게이머가 되겠냐. 저기서 성공하려면 엄청난 순발력과 체력, 전투 능력이 있어야 돼. 우리가 그동안 해온 것처럼 손가락으로 하는 게 아니라고!"

"그래도 우린 게임엔 특화되어 있잖아. 남들보단 낫겠지."

"휴우, 일단 사자."

"저걸?"

"그럼 안 사? 사서 체험을 해봐야 될지 안 될지 판단될 거 아냐?"

"그건 그렇지."

"궁금도 해. 저런 가상현실게임이라면 직업과 상관없이 해보고 싶어."

"목돈 들어가게 생겼네."

"지금 돈이 문제냐. 우리 밥줄이 달린 문젠데. 얼른 가보자."

두 사람은 옷을 챙겨 입고 '아레스-1'의 판매장을 향해 달려갔다.

서울에 20개의 판매장이 있었는데 그들 집과 가까운 종로에도 있었다.

하지만 두 사람은 '아레스-1' 판매장에 도착한 후 입을 떡 벌린 채 움직이지 못했다.

어이가 없어 말조차 나오지 않았다.

판매장 앞에는 대충 봐도 100m 정도의 줄이 길게 늘어서 있었기 때문이었다.

*   *   *

'이지스'의 상장 공모가 시작된 날.

경제계의 기자들은 주관사인 신영증권 본사 건물에 잔뜩 몰려들었다.

국내는 신영증권이, 국외는 모건 스탠리가 주관사를 맡았는데, 현재 뉴욕에도 엄청난 기자들이 대기하고 있는 상태였다.

공모의 결과를 입수하기 위한 기자들은 긴장된 눈으로 신영증권 관계자가 나오기를 눈이 빠지게 기다렸다.

'이지스' 그룹의 공모는 한바탕 금융계를 흔들어놓았다.

메이저 금융사들이 공모 자금을 준비하기 위해 세계 각 시장에서 주식을 팔아 치우는 바람에 각국의 주가가 조정받았을 정도였다.

어쩌면 당연한 일이다.

이지스 그룹의 주력사들은 글로벌 시장을 장악한 거대 기업들이었고, 순이익 측면에서 타의 추종을 불허했으며 성장성 측면에서도 끝이 보이지 않았으니 안정적인 투자처로서는 베스트 중의 베스트였다.

스마트머니들이 대거 참여한 것도 바로 그런 이유다.

핫머니들과 달리 스마트머니는 안전자산인 국채 쪽에 주로 투자를 하는데, 이번 이지스 그룹의 상장에는 거의 대부분의 스마트머니들이 참여했기 때문에 경쟁률이 역대 최고를 기록할 것이란 전망이 나왔다.

* * *

"대통령은 만나셨습니까?"

"예, 회장님. 어제 만났습니다."

"뭐라고 하시던가요?"

"처음엔 이해하지 못하시더군요. 사실, 저도 미리 공부를 했지만 설득할 자신이 없었는데, 기재부장관이 옆에서 많이 도와줬습니다."

윤명호의 대답에 이병웅이 고개를 끄덕였다.

기재부장관이라면 충분히 그러고도 남는다.

물론 그가 자신의 생각을 전부 이해했으리라 믿지는 않지만, 윤명호와 미리 상의했다면 가능한 일이었다.

더군다나 그에게는 윤명호를 무조건 도와야 할 이유가 있다.

누구의 금이든 국내로 들어온다면 국가의 자산이 된다.

외환보유고의 구성 내역에는 미국 등 유력 국가의 국채와

차관, 실제 보유 달러가 포함되고 거기에 덧붙여 금이 한 자리를 차지하기 때문이다.

그 말은 '제우스'가 금을 수입해서 국내로 가져올 경우 외환 보유고가 3천 억 달러나 늘어난다는 걸 의미했다.

혹자는 그걸 왜 정부 외환 보유액에 포함시키느냐 묻겠지만, 국가 차원에서 봤을 때 그건 당연한 일이었다.

현재 대한민국 외환 보유액에는 기업과 개인이 소유하고 있는 달러가 모두 포함된다.

비상사태가 벌어지면 그 달러는 국가의 자산으로 변하기 때문이다.

"걱정이 많으셨습니다. 대통령님도 금방 강대국들의 시선이 곱지 않으리란 걸 직감하시더군요."

"철저하게 은밀히 들여온다고 말했습니까?"

"그렇습니다. 치밀하게 준비해서 가져온다고 했습니다."

"승낙하시던가요?"

"하셨습니다. 통관 문제는 물론이고, 관세까지 면제해 준답니다. 거기다, '갤럭시' 쪽에 배치된 군병력과 별도로 금을 보관하는 지하창고는 제5공수여단에게 경호를 맡기겠다고 약속하셨습니다."

"비밀은?"

"오히려 대통령님이 더 걱정하시던데요. 제가 보는 앞에서

기재부장관에게 죽을 때까지 비밀을 지켜야 한다고 함구령을
내렸어요."

"운명이죠. 대한민국에 그런 대통령이 있다는 게."

"그건 회장님을 보유한 대한민국의 행운이 있었기 때문입니
다. 대통령님도 회장님이 없었더라면 아무것도 할 수 없었을
거예요. 지금의 부강한 대한민국을 만든 건 전부 회장님의 탁
월한 식견과 노력이 있었기 때문입니다."

"얼굴 뜨거워지게 왜 이러세요."

"사실이니까요. 저는 정말 회장님이 고맙습니다."

                    *   *   *

'이지스' 그룹의 상장은 수많은 의미를 내포하고 있었다.

순식간에 3천 억 달러의 외환 보유를 늘렸다는 건 기본적
인 사실이고, 대한민국의 주식시장은 '이지스' 그룹이 상장하
면서 자유를 얻었다.

이젠 제우스가 나서서 주가를 방어하거나 끌어올리지 않아
도 된다.

삼전과 몇 개 기업으로 선물 옵션에서 장난질 치던 외국인
의 행패는 글로벌기업들의 상장으로 인해 구조적으로 이제 완
벽히 불가능한 상태로 변했기 때문이었다.

여기에 이병웅은 3년 이내에 '갤럭시'의 예하 기업들을 차례대로 상장시킬 계획이었다.

'갤럭시 쥬피터', '갤럭시 아레스', '갤럭시 뉴월드'가 먼저였고, 다른 신제품들도 나오는 대로 대한민국 주식시장에 상장시킬 예정이었다.

황금알을 낳는 기업들.

그들을 상장시키는 이유는 원대한 이병웅의 포부를 이루기 위함이었다.

자본시장의 상징이 되어버린 미국을 누르고 세계 최대의 주식시장이 되도록 만들기 위한 포석이다.

전혀 불가능한 일이 아니다.

홀로 분투하던 삼전에 이지스 그룹의 주력 기업들과 갤럭시 그룹이 상장되면 애플과 구글, MS, 페이스북으로 상징되는 미국 시장에 전혀 밀리지 않는다.

더군다나, 극비리에 보급된 양자컴퓨터를 기반으로 국내기업들은 4차 산업의 핵심인 AI와 로봇, 빅데이터, 클라우드, 자율주행, 우주산업 쪽에서 획기적인 발전을 거듭하고 있는 중이었다.

제38장
그녀를 향해

황수인의 이번 영화는 기대와 달리 관객 동원에 실패하는 쓴맛을 봤다.

전문가 평점이나 관객 만족도가 나쁜 편은 아니었으나, 겨우 200만을 채우고 불과 보름 만에 스크린에서 내려왔으니 커다란 실패가 분명했다.

200억이란 거액이 투자되었고 개봉 전에는 상당한 기대를 받았기 때문에 황수인의 실망은 더 클 수밖에 없었다.

물론 아주 망한 건 아니지만, 손실을 봤기 때문에 러닝개런티조차 한 푼도 받지 못했다.

"수인아, 준비 다 했니?"

"정말 가야 해? 거기 가면 영화 망한 거 때문에 기자들이 또 괴롭힐 텐데?"

"이젠 시간이 지나서 덜할 거야. 그리고 집에만 있으면 살 쪄."

"헹. 나보다 언니가 더 문제네요."

"5시니까 서둘러."

"벌써?"

"넌 여신이잖아. 여신은 준비 시간이 긴 법이야."

맞는 말이다.

평소에는 대충 나가지만, 공식 장소에 나갈 때면 준비 시간에 최소 5시간은 걸린다.

헤어 숍과 뷰티 숍에 들러 외모를 꾸며야 하고 의상도 세심하게 골라야 한다.

다른 이벤트라면 가고 싶지 않았겠지만, 김기동 디자이너의 패션쇼였기에 황수인은 매니저의 도움을 받아 외출 준비를 마쳤다.

패션쇼는 코엑스몰에서 열렸는데 김기동 디자이너의 명성을 감안한다면 수많은 연예인들과 기자들이 몰려들 게 분명했다.

＊　　　　＊　　　　＊

"언니, 안녕하세요. 잘 지내시죠?"

"응, 오랜만이네."

후배 배우인 유지영이 인사를 해오자 황수인이 반갑게 손을 들어 올렸다.

꽤 많은 배우들과 가수들이 알은체를 하며 인사를 해왔다.

그녀는 여전히 은막의 여왕이었고, 나이상으로도 꽤나 고참 축에 들었다.

더군다나 패션쇼에 온 사람들은 전부 젊은 축이라 그녀가 먼저 인사를 할 경우는 드물었다.

그녀의 얼굴이 슬쩍 일그러진 건 문을 열리며 수많은 카메라 세례를 받은 채 정윤희가 들어왔기 때문이었다.

떠오르는 태양.

그녀는 현재 영화계에서 가장 뜨거운 찬사를 받으며 인기 절정을 구가하고 있었는데, 일각에서는 황수인이 지닌 은막의 여왕 호칭이 바뀌어야 된다는 소리까지 나왔다.

이제 겨우 30살.

화려한 외모, 거기에 어떤 배역도 소화하는 연기력, 몸매는 완벽했고 팬들과 기자들을 대하는 자세도 좋았다.

딱 하나, 아쉬운 건 그녀가 남자 섭렵이 대단하단 것이었다.

벌써 여러 명의 남자를 갈아 치웠는데, 스캔들이 터질 때마다 그녀는 당당한 자세로 사랑은 변하는 거라며 웃음을 잃지 않았다.

어떤 면에서 봤을 땐 자유분방의 대명사였고 여자들에겐 부러운 존재였으나, 꽤 많은 사람들은 그녀의 남자 섭렵을 못마땅하게 생각했다.

황수인과 그녀의 관계가 틀어진 건 언론이 라이벌 관계를 형성시킨 것도 있었지만, 남자에 관한 관념이 다른 것도 이유가 있었다.

스캔들이 터질 때마다 언론은 스캔들을 일으키지 않는 황수인과의 비교 기사를 내곤했다.

가장 결정적인 이유는 정윤희가 친구와 나눈 카톡 내용을 모 잡지사가 보도하면서부터였다.

'언론은 이상해. 왜 날 걔랑 비교해. 기분 나쁘게.'

'라이벌이니까 그렇지.'

'라이벌은 무슨. 불쾌해. 할머니와 날 비교하는 거 싫어.'

'ㅎㅎ.'

'너도 내가 이상하다고 생각해?'

'뭐?'

'정상적인 여자가 남자 사귀는건 당연한거잖아. 그 나이 먹

도록 남자가 없는 개가 더 이상한 거 아냐?'

'ㅋㅋㅋ'

'할머니라서 그게 잘 안 되나?'

이름은 거론되지 않았지만 그 주인공이 황수인이란 건 누구나 알 만한 내용이었다.

한동안 연예계가 발칵 뒤집혔지만, 벌 떼처럼 달려드는 기자들을 향해 황수인은 침묵으로 대응하며 그녀의 행동에 어떠한 반감도 드러내지 않았다.

시궁창 싸움을 해봤자 도움 될 게 하나도 없다는 판단 때문이었다.

그렇다 해도 그녀에 대한 미움은 가시지 않았다.

그런 사건을 벌여놓고도 정윤희는 어떤 사과조차 하지 않았다.

"어머, 언니 오랜만이에요."

"저리 가라. 가식적인 웃음 짓지 말고."

"왜 그러세요?"

"요즘 새로운 남자 만난다며? 좋겠다, 젊을 때 열심히 해."

"그래야죠. 언닌 여전히 없죠?"

"없어. 몸에 문제가 있어서."

황수인은 차갑게 돌아선 채 런웨이 근처에 있는 자신의 자리로 가서 앉았다.

재수 없게.

하필이면 정윤희의 자리도 그녀와 나란히 앉는 곳이었다.

기자들은 신이 났다.

과거의 악연을 되살리려는 듯 대화를 나누는 장면과 두 여자가 같이 앉아 있는 모습을 찍어댔는데, 내일 아침이면 갖은 소설로 도배될 게 분명했다.

그때.

출입구 쪽에서 소란이 일어나더니 시간이 지날수록 여기저기서 비명 소리와 사람들이 일어나 달려가는 게 보였다.

자리에 앉아 있던 황수인도 자연스럽게 일어났다.

사람들의 태도는 마치 화재가 발생한 것처럼 부산스러웠고, 기자들 역시 마찬가지였기 때문이었다.

하지만 곧. 화재가 발생한 게 아니라는 걸 알 수 있었다.

마치 한 떼의 뭉게구름처럼 사람들은 누군가를 둘러싸고 있었는데, 기자들은 미친 듯 카메라 플래시를 터뜨리며 몸싸움을 벌이는 중이었다.

원인은 금방 드러났다.

그의 이름이 들리자마자 고개를 돌려 런웨이에 눈을 고정했다.

그와 더 이상 엮이기 싫었고 그의 모습을 보는 것조차 싫었다.

다시 눈이 마주친다면 또다시 흔들릴지 모르는 그녀의 마음을 이성이 거부한 게 분명했다.

하지만 사람들의 웅성거림은 점점 가까워졌고 기어코 원하지 않았던 일이 생기고 말았다.

그건 바로, 비어 있던 옆자리에 이병웅이 앉았던 것이다.

"수인 씨, 안녕. 오랜만이에요."

"예."

어쩔 수 없이 눈을 마주칠 수밖에 없었다.

주변에는 수많은 기자들이 있었기에 냉정하게 대하는 모습을 보일 수 없었다.

그때, 세 칸 떨어진 곳에 앉아 있던 정윤희가 자리에서 일어나 다가왔다.

"오빠, 안녕하세요. 이렇게 뵙게 되어 영광이에요."

"반가워요."

"악수 한번 할 수 있어요?"

"그러죠."

어쩔 수 없다는 듯 이병웅이 손을 내밀자 정윤희가 두 손으로 그의 손을 감싸 안았다.

아무도 없었다면 가슴 속으로 파고들 기세였다.

촉촉이 젖어 있는 눈.

이병웅을 바라보는 그녀의 눈은 간절한 뭔가가 담겨 있

었다.

빙긋 웃은 채 그녀의 간절한 눈을 응시했던 이병웅이 천천히 손을 빼며 자리에 앉았다.

자리로 되돌아가는 그녀의 엉덩이가 더없이 섹시하게 느껴졌지만, 이병웅은 금방 눈을 돌려 황수인에게 향했다.

마침, 커다란 북소리와 함께 패션쇼가 시작된다는 걸 알렸기에 주변에 몰려들었던 기자들이 아쉬움을 뒤로하고 물러섰다.

"다시 보니 반갑죠?"

"아뇨. 하나도 안 반가워요."

"그래도 반가운 척하세요. 난 무척 반갑거든요."

"병웅 씨, 스토킹해요? 여긴 어떻게 알고 왔어요?"

"내가 저번에 밥 먹자고 했잖아요. 콘서트 떠나기 전에. 오늘 그 약속 지키려고요."

"정말, 당신은… 그 약속을 한 지 벌써 9달이나 지났어요. 그리고 그건 예의상 한 말이었어요. 난 당신과 밥 먹을 생각 없으니 귀찮게 하지 마세요."

"화가 많이 났군요."

"패션쇼 시작하니까 말 걸지 마세요."

그녀의 말대로 런웨이에 모델들이 나타나 워킹을 시작했다.

쭉쭉 빠진 남자, 여자 모델들이 번갈아 나타나 런웨이를 장식했는데, 화려한 의상들이 시선을 잡아끌었다.

이병웅은 런웨이에 시선을 고정시킨 채 움직이지 않는 황수인을 바라보며 빙그레 웃음을 지었다.

화가 났다는 건 그녀의 마음이 흔들리고 있다는 뜻이다.

아무런 상관이 없었다면 평정을 유지하는 게 인간의 본성이다.

"수인 씨가 저 옷을 입으면 무척 예쁘겠어요. 저 옷은 마치 스페인 공주의 복장과 비슷한 거 같아요."

"말 걸지 말라니까요."

"어떻게 하면 화가 풀릴까요. 가르쳐 주면 그대로 할게요."

"저는 화나지 않았어요. 그리고 화날 이유도 없고요. 그러니 쇼를 감상하게 그냥 내버려 두세요."

"좋아요. 말 안 걸게요. 대신, 사과하는 의미에서 당신한테 선물 하나 할게요. 잠시만 기다려 주세요."

"선물 같은 거 필요 없어요."

어쩔 수 없다는 듯 눈을 돌린 그녀가 거부했으나 이병웅은 웃는 얼굴로 자리에서 일어났다.

그런 후 어딘가를 향해 걸어가기 시작했다.

*　　　　*　　　　*

패션쇼는 준비 기간이 오래 걸리지만, 실제 런웨이 시간은 불과 20분 남짓할 뿐이다.

그럼에도 전체 걸리는 시간이 한 시간이나 되는 건 식전 행사와 런웨이가 모두 끝난 후 식후 행사가 포함되기 때문이다.

김기동은 모델들이 워킹 하는 장면을 보면서 관객들의 반응을 살폈다.

연신 터져 나오는 탄성을 보며 만족스러움이 몰려왔다.

패션쇼는 패션쇼일 뿐, 여기서 좋은 평판을 받는다고 해서 쇼에 동원한 옷들이 팔리는 경우는 거의 없다.

패션쇼는 언론을 통해 자신이 수석 디자이너로 근무하는 의류 회사의 브랜드이미지를 상승시켜 매출을 신장시키려는 전략 중 하나일 뿐이다.

문이 열리고 사람이 나타난 것은 쇼가 중반을 지나고 있을 때였다.

"안녕하세요, 이병웅입니다."

"아이고!"

쇼가 시작되기 바로 직전 이병웅이 왔다는 소릴 듣고 얼마나 놀랐는지 모른다.

모델들은 이병웅이 왔다는 소식에 금방 런웨이가 시작될 시간임에도 대기실에서 빠져나가는 소란을 피웠었다.

그럼에도 막상 쇼가 시작되자 그를 잊었다.

이병웅이란 존재가 전설이란 걸 알지만, 지금은 그의 쇼가 훨씬 더 중요했기 때문이다.

"디자이너님, 제가 부탁 하나 해도 될까요?"

"저에게 부탁을… 뭐죠?"

"마지막 워킹을 제가 하게 해주십시오. 무리한 부탁인 줄 알지만 제 모습을 꼭 보여주고 싶은 사람이 있어서요."

"그게… 그게 정말입니까?"

이병웅의 말에 김기동이 입을 떡 벌리고 놀라움을 숨기지 못했다.

생각해 보라.

이병웅은 외국 브랜드에서 광고 하나로 100억이란 거액을 받는 몸이었다.

그가 아무리 대단한 디자이너라 해도 이병웅 같은 전설을 모델로 쓴다는 건 꿈속에서조차 상상하지 못할 일이었다.

그런데 먼저 마지막 워킹을 부탁해 왔으니 귀로 듣고도 믿을 수 없었다.

"전문 모델은 아니지만 잘할 자신이 있습니다. 쇼를 망치지 않을 테니 부탁드립니다."

"알겠습니다. 이쪽으로 오세요. 김 부장, 김 부장!"

김기동이 허둥거리며 대기실로 뛰어갔다.

이건 완전히 대박이다.

이병웅이 옷을 입는다는 건 전 세계가 자신의 패션쇼를 주목하게 된다는 뜻이다.

회사는 말할 것도 없고 자신에게도 커다란 영광일 수밖에 없다.

이병웅이 옷을 입는다는 건 자신의 명성을 순식간에 수십 단계 올리는 계기가 될 것이다.

*　　　　*　　　　*

이병웅이 대기실로 들어서자 모델들이 처음엔 멀뚱거리며 쳐다보다가 정체를 확인한 후 기겁을 했다.

여자들은 대부분 옷을 갈아입느라 가슴을 드러내고 있었는데, 가릴 생각조차 하지 못했다.

"창훈아, 미안하지만 마지막엔 빠져야겠다. 너 대신 병웅 씨가 워킹을 할 거야."

김기동의 말에 대기실에 있던 모델들이 환호성을 터뜨렸다.

그들의 마음도 김기동과 마찬가지였음이 분명했다.

전설과 같은 무대에 선다는 것만으로도 그들은 잊지 못할 추억과 영광을 경험하게 될 것이다.

이병웅은 김기동이 전해준 옷을 입은 채 자신의 순서를 기다렸다.

옥색 가죽 코트에 안에는 검은색 폴라, 그리고 목을 감싸는 원형의 목도리가 허리까지 내려왔는데 목도리 색깔은 검은색이었다.

전체적인 모습이 다크하게 보이는 독특한 의상이었지만, 막상 이병웅이 입자 처음부터 맞춰놓은 것처럼 완벽했다.

"병웅 씨, 그냥 하고 싶은 대로 하세요."

김기동은 런웨이에서의 동선이나 행동에 대해 전혀 관여하지 않았다.

이병웅 자체가 움직이는 광고판인데 거기서 뭘 더 원한단 말인가.

그리고 관객들도 아예 그런 건 바라지도 않을 것이다.

*   *   *

황수인은 이병웅이 자리를 뜬 후 런웨이에 시선을 고정시키고 있었지만, 마음은 온통 그가 사라진 쪽을 향해 달려가고 있었다.

한참이 지났음에도 돌아오지 않았기에 점점 마음이 조급해졌다.

머릿속에서 별별 생각이 다 떠올랐다.

처음엔 어떤 선물일까란 궁금증이 생겼었지만, 시간이 점점 흐르고 선물을 가져온다던 사람이 돌아오지 않자 그냥 가버린 건 아닌가 하는 불안감이 머리를 괴롭혔다.

너무 냉정했어.

굳이 그렇게 하지 않았어도 되었을 거란 후회가 자꾸 나타나 시선이 흔들리게 만들었다.

그때 런웨이가 텅 비며 모델들이 더 이상 나오지 않았다.

끝난 건가?

경쾌하게 울리던 음악 소리도 꺼졌고 모든 것이 정적에 잠겼기에 잠시 관객석에서 웅성거림이 생겼다.

문이 열리며 사람이 나타난 건 멈췄던 음악이 다시 강렬하게 홀에 울려 퍼졌을 때였다.

"아악, 저기… 저기, 이병웅이야!'

"찍어, 찍어. 뭐 해, 사진기. 야, 이 자식아, 정신 차려!"

"정말 이병웅이야. 이병웅이 런웨이에 나타났어!"

이병웅이 런웨이에 나타난 순간 홀 전체가 난장판으로 변했다.

누가 상상이나 했단 말인가.

김기동이 유명한 디자이너였지만 이병웅을 모델로 내세울 거라 생각한 사람은 단연코 한 사람도 없었을 것이다.

황수인은 눈을 크게 뜬 채 입을 떡 벌렸다.

저 사람… 선물을 주겠다더니.

그냥 걷기만 했을 뿐인데도 단독으로 워킹 하는 그의 모습에서는 압도적인 카리스마가 뿜어져 나오고 있었다.

관객들의 놀람과 비명 소리를 잠재울 만큼 이병웅의 워킹은 당당했고 모든 사람들의 시선을 압도했다.

두 번의 런웨이 왕복.

그리고 다시 돌아오는 걸음.

천천히 황수인의 가슴이 들끓기 시작하며 전율이 피어올랐다.

런웨이를 모두 끝낸 그가, 그녀를 향해 천천히 다가오고 있었기 때문이었다.

＊　　　　＊　　　　＊

이병웅의 걸음이 멈추자 뒤쪽에서 대기하고 있던 기자들이 미친 듯 앞으로 튀어나왔다.

그의 걸음이 멈춘 곳.

바로 그곳이 황수인의 앞이었기 때문이었다.

이병웅은 걸음을 멈춘 채 천천히 허리를 숙이고 부드럽게 입을 열었다.

경쾌한 음악이 흘렀고 기자들과 사람들의 웅성거림 때문에 다른 사람은 듣기 어려웠으나 황수인은 정확하게 알아들을 수 있었다.

"우리, 오늘 밥 먹어요."

대답을 기다리는 것처럼 이병웅은 움직이지 않았다.

그 모습을 기자들은 카메라에 정신없이 담았다.

황수인은 뒤늦게 정신을 차리고 그를 바라보며 작게 고개를 끄덕였다.

여기서 더 대답이 늦어진다면 정말 엄청난 사건이 일어날 것만 같았다.

그녀가 고개를 끄덕인 걸 본 이병웅은 빙그레 웃은 후, 사람들에게 손을 흔들며 천천히 무대에서 사라졌다.

*   *   *

패션쇼가 끝나자 기자들이 달려들었다.

그들은 이병웅이 무슨 말을 했는지 궁금해서 미치기 일보 직전인 것 같았다.

"황수인 씨, 이병웅 씨가 무슨 말을 했습니까?"

"그건… 이병웅 씨에게 물어보세요."

"이병웅 씨는 이미 가버리셨어요. 황수인 씨가 대답해 주시면 안 되겠습니까?"

"솔직히, 저도 그분이 뭐라고 하셨는지 정확하게 듣지 못했어요. 기자님들도 그때 상황 보셨잖아요. 너무 시끄러워서 무슨 말인지 알아들을 수 없었어요."

황수인 시치미를 떼었으나 기자들을 설득시키지는 못했다.

"그래도 수인 씨라면 이병웅 씨가 그렇게 행동한 이유를 알잖아요. 아무런 이유 없이 그런 행동을 하진 않았을 텐데요?"

"글쎄요… 저는 잘……."

"혹시, 이병웅 씨가 오늘 패션쇼에 출연한다는 걸 알고 계셨나요?"

"아뇨, 전혀 몰랐습니다."

"이전에 이병웅 씨는 언제 만났죠. 최근에 본 적이 있습니까?"

"9개월 전에 촬영장에서 잠깐 만났을 뿐이에요. 그때 이병웅 씨가 주변에 일이 있어 들렀다면서 인사를 왔었어요."

그녀의 말은 사실이다.

그때 이후로 이병웅이 황수인을 만난 적이 없다는 건 전부 아는 사실이었기 때문에 기자들은 둘의 관계에 대해서 더 이상 캐물을 수 없었다.

만약 두 사람이 친밀한 관계였다면 9개월이 넘도록 만나지 않았을 리 없다.

스캔들이 나지 않는 것도 그런 이유 때문이다.

둘 사이가 여러 번 의심을 받았으나 몇 년 전부터 지속되어

온 소문은 매번 아무것도 아닌 걸로 판명이 났다.

기자들은 하이에나다.

특히 이병웅에 관한 것은 한번 물면 무조건 특종이었기 때문에 둘 사이에 무슨 일이 있었다면 그냥 있을 리 없었다.

결국 아무런 소득 없이 기자들이 물러나고 황수인이 매니저와 함께 코엑스 홀을 벗어날 때 정윤희가 다가왔다.

"언니, 이제 가세요?"

"그래."

"난 병웅 오빠가 언니 앞에 서길래 깜짝 놀랐어요. 혹시 둘이 무슨 사이인가 하고."

"그게 놀랄 일이니?"

"놀랄 일이죠. 병웅 오빠 같은 남자가 언니한테 관심 있다면 놀랄 일 아닌가요?"

"지금 시비 거는 거야?"

"아뇨, 그냥 너무 궁금해서 물어봤을 뿐이에요."

"꺼져!"

"호호… 알았어요. 안녕히 가세요. 얼굴 주름 관리 잘하시고요."

미친년.

생각 같아서는 머리끄덩이를 잡아끌고 싶었으나 간신히 참았다.

정윤희는 자신을 기다리고 있었던 게 분명했다.

기자들에게 둘러싸인 것을 보며 배가 아팠겠지.

정윤희는 언제나 그녀가 관심의 초점에 자리 잡는 걸 싫어했으니까.

*   *   *

차를 타고 집으로 향했다.

어쩔 수 없이 고개를 끄덕였지만, 그가 곧바로 사라졌다는 말을 들었기에 별다른 기대를 하지 않았다.

그는 여자에겐 바람 같은 존재다.

아니, 어떨 땐 변태일지 모른다는 생각까지 들었다.

그런 인기에, 그런 얼굴에 여자를 사귄다는 소문조차 들어보지 못했으니 그는 어쩌면 성불구거나 호모일지도 모른다는 생각이 들었다.

그렇지 않다면 그럴 수가 있을까.

그를 처음 만난 날.

그때의 그녀는 꽃처럼 아름다웠고 청춘이었으며 수많은 남자들의 대시를 받던 인기 절정의 여왕이었다.

그런 시간들이 모두 지나고 이젠 삼십 대 중반의 나이가 되었다.

누군가를 원망해야 된다면 그를 원망하고 싶었다.

그를 만났을 때 피어났던 설렘, 그리고 그리움, 재회에 대한 기대.

이런 모든 것들이 어쩌면 그녀를 홀로 지내게 만든 원인이었다.

하지만 그는 언제나 그녀를 실망시키며 먼 곳에서 신기루처럼 떠다녔을 뿐이었다.

전화벨이 울린 것은 복잡한 시내를 겨우 관통해서 한적해진 도로를 달릴 때였다.

액정에 뜬 전화번호.

그의 전화번호를 기억 장치에서 지운 건 오래전의 일이었으나, 황수인은 액정에 뜬 전화번호를 보면서 긴 신음을 흘렸다.

잊히지 않는 전화번호.

왜 이 사람의 전화번호는 기억 속에서 지워지지 않는 걸까?

"여보세요."

"미안해요. 하지만 어쩔 수 없었어요. 그냥 나가면 기자들이 그냥 내버려 둘 것 같지 않아서 대기실 뒷문으로 도망쳤어요."

"휴우… 왜 전화했어요?"

"오늘 식사 같이하자고 약속했잖아요."

"내가 언제……?"

"고개 끄덕이는 거 봤어요. 이제 와서 아니었다고 말하지 말아요."

"그건, 병웅 씨가… 기자들 때문에 어쩔 수 없어서 그랬던 거예요. 그러니 신경 쓰지 않았으면 좋겠어요."

"정말 나와 식사하지 않을 건가요?"

"피곤해요. 그리고 전 집에 다 왔어요."

"그럴 줄 알고 수인 씨 집 앞에 와 있어요. 아, 저기 수인 씨 차가 들어오는군요."

너무 놀라 상체를 내밀어 앞을 확인하자 싱그러운 웃음을 지으며 기다리고 있는 이병웅의 모습이 보였다.

저 사람, 미쳤다.

그러지 않아도 기자들이 하이에나처럼 덤비는데 남의 집 앞에서 얼굴조차 감추지 않은 채 서 있다니.

뒤늦게 이병웅을 확인한 매니저도 놀랐는지 입을 떡 벌린 채 황수인의 얼굴을 쳐다봤다.

"어쩌지?"

"세워줘. 내가 돌려보낼게."

"여기까지 왔는데 그냥 돌려보낸다고?"

그동안 그토록 이병웅을 욕하더니, 갑자기 태도가 달라졌다.

여기까지 온 이병웅의 정성이 그녀를 변하게 만든 것 같왔다.

대답하지 않고 내렸다.

그리고 이병웅을 향해 똑바로 걸어갔다.

"정말 당신 이상한 사람이네요. 도대체 나한테 왜 이래요?"

"난 밥 먹자는 약속을 지키기 위해서 왔을 뿐이에요."

"그러니까 왜 나랑 밥을 먹으려는 건데요. 병웅 씨와 나는 아무런 사이가 아니잖아요. 나한테 관심 없다면서요. 난 나한테 관심 없는 남자와 한가롭게 밥을 먹을 정도로 멍청한 여자 아니에요!"

말을 하다 보니 하지 않아야 할 말까지 튀어나왔다.

그녀가 오랜 시간 마음속에 품고 있었던 분노가 화살처럼 튀어나와 이병웅에게 향했다.

"수인 씨… 저는 당신을 좋아하지 않기 위해 정말 많은 시간을 노력했어요. 그래서 일부러 연락도 하지 않았던 겁니다. 당신을 좋아하게 되면 내가 당신을 아프게 만들 거라고 말한 적 있죠. 그 말 사실이에요. 그동안 내 삶은 당신을 아프게 만들기 충분할 정도로 엉망이었거든요."

"난 무슨 말인지 모르겠어요. 그런 궤변은 그만 늘어놓고 돌아가시면 좋겠어요."

"못 갑니다. 나는 지금부터 오랫동안 나를 괴롭혀 온 당신 이란 존재가 자유롭게 살아왔던 내 삶을 포기할 만큼 소중한 건지 시험해 볼 생각입니다."

"도대체, 당신……."

"집으로 들어가요. 남들이 보잖아요."

먼저 현관을 향해 걸어가는 이병웅을 바라보며 황수인이
긴 신음을 흘려냈다.

그의 말대로 아파트 주민들이 하나, 둘 몰려들고 있었기 때
문이었다.

＊   ＊   ＊

집으로 들어온 황수인과 이병웅은 매니저가 타 온 커피를
앞에 두고 마주 앉았다.

어쩔 수 없이 들어왔지만 커피만 주고 돌려보낼 생각이었
다.

"마시고 얼른 가세요. 빨리 가지 않으면 내일 아침 대문짝
만하게 신문에 날 거예요. 아니, 어쩌면 지금쯤 기자들이 우
리 집으로 달려오는 중이겠네요. 난 병웅 씨 때문에 피해를
보고 싶지 않아요."

"정말인가요?"

"예."

"내가 당신을 좋아한다는 말을 믿지 않는군요?"

"그래요. 나는 그 말을 믿지 않아요. 갑자기 나타나 뜬금없이 좋아한다고 말한다면 어떤 여자가 믿겠어요. 밥 먹자는 약속을 해놓고 9개월이 넘도록 전화 한 통 없던 남자가 고백을 한다면 믿겠어요?"

"그렇기도 하겠네요."

"그러니까 얼른 마시고 가세요."

"휴우, 알았습니다. 커피만 마시고 가죠."

이병웅이 그녀의 눈을 바라보며 커피 잔을 입으로 가져갔다.

모습만 보면 차가운 냉대에 포기한 걸로 보였다.

그랬기에 황수인은 잠시 눈을 감았다 뜨며 가슴을 쓸어내렸다.

이 정도로 포기하고 간다면 그것도 운명이다.

이 남자의 행동에는 그 어떤 것도 진실이 담겨 있지 않았다.

수많은 여자들의 사랑을 받고 있는 사람.

그것이 그를 이렇게 만들 것인지 모른다.

이병웅은 커피를 마시면서 쓸데없는 이야기를 주절거렸다.

괜히 일어나 집을 구경한다는 이유로 걸어 다녔고, 그녀의 매니저와 이런저런 이야기를 나누며 시간을 보냈다.

그런 후 30분 정도 지났을 때 자리에서 일어났다.

"커피 잘 마셨어요. 하지만 지금 난 무척 배가 고파요. 저녁 조차 먹지 못하고 쫓겨났다는 걸 사람들이 알면 꽤 놀랄 거예요. 사람들은 수인 씨를 착한 사람으로 알고 있는데 저를 문전박대했다는 걸 알면 수인 씨를 무척 냉정한 사람으로 생각할걸요?"

"하아, 그걸 농담이라고 하세요?"

"그만 갈게요. 잘 있어요. 아 참, 악수."

"뭐예요!"

"헤어질 때 친구들은 악수를 하고, 연인들은 포옹을 한다죠. 우린 아직 친구니까 악수가 어울리잖아요?"

어이없어하는 황수인의 손을 억지로 잡은 채 흔들었다.

그녀의 손은 섬섬옥수란 말이 어울릴 정도로 아름답고 섬세했다.

그녀를 뒤에 남겨놓고 아파트 현관을 나섰을 때 예상대로 꽤 많은 기자들이 몰려 있는 게 보였다.

터지는 카레라 플래시의 불빛.

먹이를 발견한 하이에나처럼 달려드는 기자들의 목소리.

"이병웅 씨, 지금 황수인 씨 집에서 나오는 거 맞습니까?"

"그렇습니다."

"단둘이 있었나요?"

"아뇨, 황수인 씨 매니저가 같이 있었습니다."

"갑자기 황수인 씨 집에 온 이유는 뭐죠. 혹시 알려주실 수 있나요?"

끝없이 쏟아지는 질문.

예전 같았다면 무시하고 차를 탄 채 떠났을 것이다.

정두영은 시동을 건 채 그의 전화를 기다리고 있었는데, 지시만 내리면 기자들의 숲을 자동차로 들이박을지 모른다.

모든 질문이 사생활에 관한 것이었으니 대답을 하지 않아도 된다.

하지만 이병웅은 기다렸다는 듯 기자들의 질문에 따박따박 대답을 해줬다.

"저녁을 먹으러 왔습니다. 오늘 저녁을 같이하기로 했는데, 수인 씨가 깜박 잊는 바람에 여기까지 오게 되었어요."

"언제 한 약속인데요?"

"오늘 패션쇼장에서. 마지막 무대가 끝날 때."

"아이고!"

기자들 사이에서 이병웅의 대답에 비명 소리가 흘러나왔다.

가장 궁금했던 일.

불현듯 패션쇼 무대에 서서 특종을 만들어낸 이병웅이 황수인을 향해 했던 말은 기자들이 가장 궁금했던 것이었다.

수수께끼로 남을 것이라 생각했다.

황수인은 강하게 오리발을 내밀었고 이병웅은 만나기조차 힘들었을 뿐만 아니라, 대답해 줄 리도 없었다.

그런데 생각지도 못한 장소에서 그 수수께끼가 풀렸으니 기자들의 입에서 비명 소리가 나온 건 당연한 일이었다.

"이병웅 씨, 두 분은 특별한 관계가 아닌 걸로 알려져 있습니다. 실제적으로 오랜 시간 동안 아무런 스캔들이 나지 않았는데요. 갑자기 오늘 왜 식사 약속을 잡은 거죠?"

"저는 오랫동안 황수인 씨를 좋아하고 있었지만 용기가 없어서 고백하지 못했습니다. 그래서 오늘 그녀를 위해 이벤트를 준비한 겁니다. 저녁 식사를 하면서 좋아한다는 고백을 하기 위해서."

"우와, 대박!"

기자들은 이병웅의 폭탄선언에 난리가 났다.

설마, 이렇게 단도직입적으로 속마음을 털어놓는다는 건 상상조차 못 했던 일이었다.

"그래서, 고백하셨나요?"

"고백했습니다. 하지만 거절당했어요."

"아니, 왜요!"

거절당했다는 말에 모든 기자들이 한목소리로 되물었다.

특히, 여자들의 목소리엔 가시가 박혔는데, 도저히 이 사실을 받아들이기 힘들었던 것 같았다.

"진심이 담겨 있지 않았다고 했습니다. 수인 씨는 그동안 소홀했던 저의 마음을 받아들이지 못하겠다네요."

"뭘 소홀했는데요?"

"지금까지 몇 번 좋아한단 말을 했지만 정성을 다해 진심을 보여주지 못했거든요."

"하아, 그래도 살아 있는 전설을… 그래서 이젠 어쩔 거죠. 이렇게 포기하는 건가요?"

"아뇨, 이제부터 시작할 겁니다. 수인 씨가 저의 진심을 알아줄 때까지 최선을 다해 노력할 생각입니다."

"이병웅 씨는 이제 나이가 꽤 되시는데요. 황수인 씨도 마찬가지고요. 혹시, 사귄다면 결혼까지 생각하는 건가요?"

"그렇습니다."

*　　　　　*　　　　　*

세계는 두 가지 뉴스로 발칵 뒤집혔다.

'이지스'의 전 계열사가 역사상 최고 경쟁률로 상장 공모가 마무리되었다는 것과 살아 있는 전설, 이병웅의 연애 기사에 관한 것이었다.

'이지스'의 상장 공모는 그동안 초미의 관심을 끌면서 한 달 가까이 연일 보도가 된 것이었지만 이병웅의 일은 그야말로 갑자기 터진 폭탄 그 자체라 세계인들은 놀라움을 감추지 못했다.

지금까지 10년이 넘도록 한 번도 스캔들을 일으키지 않았던 남자.

모든 여자들의 연인.

전 세계의 언론은 이병웅이 여자를 사귀지 않는 것을 불가사의한 일이라 평하곤 했다.

물론 그 이면에는 수많은 소문들이 떠돌았다.

신체에 문제가 있다는 설, 호모라는 설, 근본적으로 여자를 싫어한다는 것 같은 소문들이었다.

그런 와중에 갑자기 터진 스캔들에 전 언론이 정신을 차리지 못했다.

모든 시선이 단박에 황수인에게 쏠리는 건 당연한 일이었다.

먼저 폭탄을 터뜨린 건 이병웅이었지만 공은 순식간에 그녀에게 넘어갔다.

당연한 일.

전설의 구애를 마다한 그녀의 정체가 대한민국 최고의 영화배우 황수인이었으니 내외신의 언론들은 벌 떼처럼 그녀의 집으로 몰려들 수밖에 없었다.

"수인아, 저거 봐라. 100명은 넘겠다."

"휴우……."

"어쩌면 좋지? 경호원들이 막고 있지만 그걸로 안 될 거 같은데?"

지금 그녀의 집 밖에는 소속사에서 보내온 경호원들이 가로막고 있는 중이었으나 수시로 문이 두들기는 소리가 들렸다.

기자들 입장에서는 미치고 펄쩍 뛸 일이었을 것이다.

목숨 줄이 달린 일이었으니 경호원의 차단 벽을 뚫고 몸을 날릴 지경이라 잘못하면 문이 부서질 것 같았다.

"아, 그 미친놈. 도대체 무슨 짓을 한 거야. 그동안 코빼기도 안 보이더니 갑자기 사랑 고백이라니, 또라이가 분명해. 안 그러니?"

"휴우……."

"아까부터 왜 한숨만 쉬고 있어. 뭐라고 말 좀 해. 답답해 죽겠어!"

"내가 무슨 말을 해."

"어쩔 거냐고. 언제까지 이렇게 피하고만 있을 거야? 뭐라고 대답은 해줘야 되잖아."

"언니가 봤을 때 그 사람 말 어떻게 생각해?"

"우씨, 또라이라니까!"

"정말 그래?"

"에… 그게, 조금 생각해 보면 로맨틱한 것 같기도 하고… 에휴, 난 모르겠다."

"그거 말고, 그 사람 진심 말이야. 언론에 말한 거 정말일까?"

"걘, 세계에서 제일 유명한 놈이야. 그런 놈이 언론에다 거짓말을 떠들었겠어?"

"그렇지?"

"결혼까지 생각한다잖아. 대충 엔조이 할 거였으면 절대 그렇게 말하지 못해."

"또라이라며?"

"해본 소리지. 아으… 살 떨려. 흐응… 이병웅이 구애를 하다니. 생각만 해도 내가 다 좋네. 수인아, 우리 어쩌면 좋냐. 빨리 결정해야 돼. 안 그럼 아파트 주민들 전부 들고일어날 거야."

"아직… 마음의 결정이 안 됐어."

"머리가 좋은 놈이야. 언론에 대고 직접 떠들어서 단박에 승부를 보려고 한 거잖아. 아마, 걔는 네가 가슴앓이해 왔다는 걸 알고 있었을 거야. 그래서 자존심 살려주려고 일부러 그런 거 아닐까?"

매니저 언니의 말에 황수인이 한숨을 길게 내리쉬었다.

그럴 가능성이 컸다.

언제나 그가 왔을 때마다 자신의 가슴은 무섭게 콩닥거리고 있었으니까.

"사장님은?"

"곤란해하고 있어. 두 사람의 일이라 쉽게 나서지 못하겠대."

"알았어."

"어쩌려고?"

"그냥 이렇게 있으면 기자들은 가지 않을 거야. 그러니까 해결해야지."

황수인은 결심한 듯 옷을 챙겨 입었다.

그런 후 시끌벅적한 문을 향해 걸어갔다.

"경호원 아저씨, 잠깐만 비켜주세요."

그녀의 부탁에 기자들을 가로막고 있던 경호원들이 난처한 기색을 보이다가 천천히 길을 열어주었다.

"기자님들, 여긴 복잡하니까 밑으로 내려가세요. 제가 금방 따라 나가서 기자님들 질문에 대답할게요."

"어디로 말입니까?"

"이병웅 씨가 인터뷰했던 그 장소로 나갈게요."

*　　　　*　　　　*

참 많기도 하다.

위에서 내려다볼 땐 100여 명 정도 같았는데 막상 내려와 보니 그것보다 훨씬 더 많았다.

대충 봐도 외국 기자들이 반 정도나 차지하고 있었다.

그만큼 이병웅에 대한 관심이 세계적으로 크다는 뜻이었다.

황수인이 내려와 이병웅이 섰던 자리에 서자 카메라 플래시와 질문이 쏟아지기 시작했다.

"황수인 씨, 그동안 이병웅 씨가 좋아하고 있다는 걸 알고 있었습니까?"

"우린, 오래전부터 작은 인연이 있던 사이였어요. 아시는 것처럼 방송에서 처음 만났고 그 이후로 아주 가끔 봤을 뿐이에요."

"그럼 이병웅 씨가 좋아하고 있다는 걸 몰랐단 뜻인가요?"

"그렇습니다."

"거의 10년 전부터 인연을 맺어왔는데 전혀 그런 내색이 없었나요?"

"가끔 농담으로 그런 말을 한 적은 있지만 진심이라 생각하지 않았어요."

"이젠 어쩔 셈이죠? 이병웅 씨는 언론에다 황수인 씨를 좋

아한다고 공개적으로 말씀하셨습니다. 거절했다던데, 그 이유
는 뭔가요?"

"워낙 갑작스러운 말이라 당황했어요. 그분의 진심도 알 길
이 없었고요."

"그렇다면 황수인 씨는 어떤가요? 이병웅 씨에 대한 호감이
조금도 없나요?"

"아뇨. 그러나 아직 우린 어떤 인연도 맺지 않았기 때문에
조금 더 시간이 필요해요."

"사귈 의향은 있다는 뜻인가요?"

그녀의 대답에 기자들이 동시에 질문을 했다.

황수인의 대답에서 가능성을 확인했기 때문이었다.

잠시 동안 입을 닫았던 그녀에게서 대답이 나온 건 웅성거
리던 기자들이 조용해지면서 침묵이 흘렀을 때였다.

"그분이 저를 좋아한다는 게 사실이라면 사귈 의향이 있습
니다."

*   *   *

황수인의 인터뷰 장면은 텔레비전에 고스란히 방송되어 전
세계를 들썩이게 만들었다.

세기의 커플.

지금까지 터진 스캔들 중에서 역대 최고의 스캔들이다.

이병웅의 인기가 여전히 하늘을 찌르는 상황에서 터진 스캔들이었고 그 상대가 대한민국 최고의 여배우이자 은막의 여왕이라는 황수인이었기에 그 파괴력은 상상조차 하지 못할 정도였다.

당연히 온 언론이 두 사람의 스캔들을 보도하느라 정신이 없었다.

이건 특종 정도가 아니라 역사적 사건이었기 때문이었다.

"어휴, 저 여우, 말하는 꼬라지 좀 봐."

"왜?"

"병웅 오빠가 좋아해야만 사귄다잖아. 지 주제도 모르고!"

정윤희가 매니저인 신인화와 텔레비전을 보다가 분통을 터뜨렸다.

그녀의 눈에 비친 황수인의 모습은 오로지 불여우로 보일 뿐이었다.

"이게 말이 된다고 생각해? 왜 하필이면 저년이야. 나이 든 할망구를 좋아하다니 정말 기가 막혀."

"황수인이 나이가 좀 들었지만 남자들이 좋아할 타입이지."

"언니, 지금 나 열받게 하려고 작정했어? 저년을 남자들이 왜 좋아해. 남자들은 저런 애 절대 좋아하지 않아. 목석하고 자는 거랑 똑같을 텐데 그럴 리 절대 없다구."

"호호… 넌 꼭 쟤랑 해본 것처럼 말하니? 정숙하게 보이는 여자가 밤에는 옹녀가 될 수도 있는 거야."

"절대 안 그래. 얼굴을 보면 알아. 쟨 나하고 다르게 생겼어. 색기 있는 여자들은 나처럼 눈이 반짝반짝 빛나는데 쟤는 안 그렇잖아!"

짧고도 강렬했던 황수인의 인터뷰 장면이 끝나는 걸 보며 정윤희가 헤스티아를 빼 물었다.

이젠 누가 봐도 뭐랄 사람이 없다.

헤스티아는 전 국민이 애용하고 있었기 때문에 기호식품이 된 지 오래였다.

정윤희가 헤스티아를 빼 물자 신인화도 한 개비 빼어 물며 말을 이었다.

아무리 설득해도 안 된다는 걸 알지만 사실을 왜곡시키고 싶지도 않았다.

"휴우, 바보야, 남자들은 여자를 볼 때 그거만 생각하지 않아. 너도 알다시피 황수인이 인기가 있는 건 전형적인 한국 여자기 때문이야. 실제로는 어떤지 몰라도 정숙해 보이고, 착해 보이고, 얘의 바르고, 거기다 아름답고."

"언니! 도대체 언니는 누구 편이야?"

"난 언제나 네 편이지."

"씨이, 그런데 왜 황수인을 좋게 말해. 쟤랑 내 관계를 잘 알면서!"

"편드는 게 아니라 사실을 말한 거야. 너도 쟤를 보고 배울 필요가 있어."

"웃겨, 난 내 식대로 살아. 난 절대 쟤처럼 바보같이 남의 눈을 의식하며 살지 않을 거야."

"그 성질 어디 가겠니."

"으… 그나저나 정말 아깝네. 꼭 한번 자고 싶은 남자였는데."

정윤희가 헤스티아의 연기를 길게 뿜어내며 아쉬움을 숨기지 않았다.

그녀는 가끔 가다 이병웅에 대한 꿈을 꾸었다.

꿈을 꿀 때마다 세상에서 가장 아름다운 밤을 보냈고 아침에 깨면 그것이 사실이었기를 간절히 바랄 정도로 좋았다.

더군다나 그녀의 라이벌에게 이병웅을 뺏겼다고 생각하자 가슴속에 멍울이 지는 것처럼 속이 쓰렸다.

*   *   *

황수인은 며칠 동안 꼼짝도 하지 않고 집에서 나가지 않았다.

세상은 온통 이병웅과 그녀의 이야기로 들끓었기 때문에

모든 스케줄을 취소한 채 움직일 수 없었다.

전화가 걸려온 것은 완연한 봄의 햇살이 창가를 가득 채우던 11시 무렵이었다.

띠리리링……

액정에 뜬 번호.

언제나 설레었던 그의 번호였다.

"여보세요?"

"나 때문에 고생 많았죠?"

"그걸… 말이라고 하세요?"

"나와요. 우리 밥 먹읍시다."

"지금요?"

"네, 지금요. 집 근처에 와 있으니까 바로 나와요."

"말도 안 돼!"

황수인은 전화기를 든 채 창가로 향했다.

어이없게도 이병웅은 아파트 주차장에서 그녀를 올려다보고 있는 중이었다.

"갑자기 이러는 게 어디 있어요. 난 아무런 준비도 안 했단 말이에요."

"수인 씨는 꾸미지 않아도 예뻐요."

"싫어요. 안 돼요."

"그럼 기다릴게요. 얼마나 기다리면 되요?"

"아우… 적어도 1시간은……."

"천천히 하고 나와요. 그동안 난 차에서 수인 씨 생각하며 기다릴게요."

"휴우."

"우리 밥 먹고 영화 보러 가요. 요즘 '캐리비안의 해적'이 재미있다고 소문났어요."

"영화 보러 가자고요?"

"왜요? 원래 연인들은 같이 영화 보고 그러는 거잖아요?"

"일단, 알았어요."

전화기를 끊고 정신없이 화장실을 향해 달려갔다.

저 사람은 미쳤다.

저 사람은 그가 나타나는 곳이 화제의 중심이란 걸 잊은 모양이다.

여자는 외출 준비에 많은 시간이 걸린다.

샤워는 그렇다 치고 화장하는 데만 최소 30분이 소요되며 옷을 고르는 데도 신중에 신중을 기하는 게 여자들의 속성이다.

더군다나 첫 데이트였기 때문에 황수인은 발을 동동 구르며 예쁘게 보이기 위해 최선을 다했다.

당연히 그녀는 꾸미지 않아도 예쁘다.

하지만 그녀는 그 어떤 때보다 예쁘게 보이고 싶었다.

최대한 빨리 준비를 마치고 집을 나섰음에도 거의 1시간이 걸렸다.

그녀가 나타나자 이병웅은 환한 웃음을 지으며 차 문을 열어주었다.

"좋네요. 너무 화려하지 않은 모습이 참 예뻐요."

진심에서 우러나온 칭찬.

그녀는 공식 행사에 참석할 때와 다르게 청바지와 하얀 블라우스를 입었고 신발도 운동화를 신은 모습이었다.

그럼에도 그녀의 아름다운 외모는 조금도 퇴색되지 않았다.

따라붙는 기자들.

하이에나 같은 기자들은 이미 이병웅이 그녀의 집으로 갔을 때부터 여러 명이 대기하고 있는 상태였다.

같이 음식점에 들러 간단하게 점심을 먹었다.

이병웅이 자주 가는 스파게티 전문점이었는데, 황수인에게 소개시켜 주고 싶었던 식당이었다.

그런 후 곧장 영화관으로 향했다.

차를 파킹 하고 영화관으로 들어서는 순간부터 모든 사람들의 시선은 두 사람에게 집중되었다.

그럼에도 이병웅은 아랑곳하지 않고 황수인과 함께 태연히 영화관으로 입장했다.

광고나 다름없다.

나는 약속대로 그녀에게 정성을 다할 것이며 그녀의 마음을 얻기 위해 최선의 노력을 한다는 광고 말이다.

　오늘 오후면 두 사람이 밥을 먹고 영화를 봤다는 사실이 전 세계로 퍼져 나갈 것이다.

　세기를 흔들고 있는 스캔들이 현실로 이루어진, 영화 같은 장면들이 각종 언론과 인터넷을 통해 무차별적으로 살포될 게 분명했다.

　　　　*　　　　　*　　　　　*

　"영화 재밌었어요?"

　"영화관에 있는 모든 사람들이 영화는 안 보고 나만 쳐다보는데 제대로 봤겠어요? 난 영화가 어떤 내용이었는지 하나도 못 봤다고요."

　"하하… 어쩌나, 그럼 다시 보러 와야겠네."

　"지금 일부러 이러는 거죠?"

　"뭘요?"

　"병웅 씨, 일부러 그러는 거잖아요. 기자들에게 했던 말이 사실이라는 걸 이런 행동으로 보여주는 거 아니에요?"

　"음, 아닌데요."

　"그럼 뭐예요?"

"그냥 다른 사람처럼 수인 씨와 데이트를 즐기고 싶었을 뿐이에요. 그리고 난, 이후에도 수인 씨와 데이트할 때는 다른 사람들의 시선을 의식하지 않고 즐기고 싶어요."

"정말이에요?"

황수인이 놀란 눈으로 이병웅을 바라봤다.

언제 어느 때든 시간과 장소를 구분하지 않고 두 사람이 나타나는 곳은 희귀한 동물원으로 변할 것이다.

그럼에도 이병웅은 그걸 마다하지 않겠다는 말을 하고 있었다.

"좋아하는 사람들이 왜 다른 사람의 눈을 피해야 되죠? 난 그게 싫어요. 진짜 사랑하고 존중한다면 다른 사람들 앞에 당당히 나설 수 있어야 된다고 생각해요. 우린 죄인이 아니니까."

"아……."

부드러운 시선으로 그녀를 바라보는 남자.

황수인은 그의 시선을 받으며 몸을 부르르 떨었다.

그의 시선을 본 순간 이 남자가 진짜 그녀와 사랑을 시작하려는 걸 느꼈기 때문이었다.

제39장
가장 중요한 사업

　"회장님, 주식상장 하느라 고생 많으셨습니다."

　"제가 한 건 별로 없습니다. 제우스의 정 회장님이 고생 많으셨죠. 공모가부터 절차까지 전부 정 회장님이 주관하셨습니다."

　"하하… 이럴 땐 그렇게 말씀 안 하셔도 됩니다. 회장님은 어떨 땐 고지식하세요."

　"그런가요?"

　이병웅의 농담에 윤명호가 너털웃음을 흘렸다.

　현재 대한민국 경제계에서 가장 바쁜 사람을 꼽으라면 단연 그였다.

이지스 그룹에 이어 갤럭시까지 관장하다 보니 몸이 12개라도 부족한 실정이었다.

"알아보신다는 건 어떻게 되었나요. 좋은 분을 찾으셨습니까?"

"예, 솔직히 갤럭시는 저 같은 관료 출신에겐 어울리지 않습니다. 워낙 첨단산업 쪽이라 전문성이 필요하죠. 그래서 펜실베이니아 출신인 정경민 씨를 섭외했습니다. 그는 펜실베이니아 와튼스쿨을 졸업한 후 애플의 부사장을 역임하다가 지금은 쉬고 있었습니다."

"애플의 부사장까지 하던 분이 왜 쉬고 있죠?"

"아내가 암에 걸려 투병 생활을 오래 했어요. 그래서 한국에 들어온 지 1년 정도 되었습니다."

"힘들었겠네요. 지금은 어떻습니까?"

"두 달 전에 죽었습니다. 참 많이 괴로워하더군요."

"그래서, 그분이 우리 제안에 뭐라고 하던가요?"

"그는 경영 쪽에 탁월한 능력을 가진 사람이라 애플 쪽에서 반드시 복귀해 달라고 여러 번 요청이 왔었습니다. 하지만 제가 설득했죠. 조국 대한민국을 위해 일해달라며 애국심에 호소했습니다."

"오겠다고 했습니까?"

"겨우 설득시켰습니다. 연봉을 애플의 2배 제시했습니다. 이번 달 20일부터 출근하기로 했으니까 그때 만나보시죠."

"기존 사장단은?"

"그가 오고 나면 어떤 변화가 있겠죠. 스카우트 조건에 인사 전권이 담겨 있습니다. 그리고 그는 애플이 인정할 정도의 전문경영인이라 철저하게 인사 검증을 통해 교체 여부를 결정할 것 같습니다."

"알겠습니다. 그건 그렇게 처리하는 것으로 하시죠. 그리고 오늘 제가 온 건······."

이병웅이 잠시 말을 끊었다.

그러자 윤명호의 얼굴이 슬쩍 바뀌었다.

그동안의 경험으로 봤을 때 이병웅이 이런 행동을 할 때마다 중요한 안건이 나왔기 때문이었다.

"회장님은 혹시 우리나라 식량자급률이 얼마나 되는지 아십니까?"

"식량자급률요?"

"대충 말씀해 보세요."

"글쎄요, 그쪽에 대해서 생각한 적이 없는 터라."

"우리나라의 식량자급률은 24%입니다. OECD 34개국 중 32위를 기록하고 있죠. 대충 선진국 중에서 꼴찌라고 보면 됩니다."

"어허, 정말인가요. 저는 그 정도일 줄은 몰랐습니다."

윤명호가 새삼스럽게 깜짝 놀라는 표정을 지었다.

쌀이 남아돈다는 말을 들었는데 식량자급률이 그 정도밖에 안된다는 게 믿기지 않았기 때문이었다.

"회장님, 우리는 이지스에 이어 갤럭시를 탄생시키며 대한민국의 경제부흥을 이끌고 있습니다. 곧 쥬피터와 뉴월드가 출시되면 세계 그 누구도 대한민국을 얕보지 못할 겁니다."

"당연한 말씀이죠. 지금 대한민국 경제는 최상입니다. 그런 마당에 쥬피터와 뉴월드가 출시되면 GDP 성장률은 7%에 근접할 거예요. 더군다나 양자컴퓨터가 극비리에 보급되면서 기업들의 기술들이 급격하게 발전하며 세계를 휩쓸고 있습니다."

"그래서 말인데요. 우린 식량자급률을 100% 이상으로 끌어올릴 필요성이 있습니다."

"무슨 말씀이신지……?"

"저는 국가의 원천적인 힘을 3가지라고 생각합니다. 첫째가 국방이고, 두 번째가 에너지, 마지막이 식량이죠. 한국의 국방력은 조만간 일본을 제치고 중국과 맞먹는 수준까지 올라가게 될 거예요. 우리 갤럭시에서 개발한 신무기들이 실전 배치 된다면 말입니다. 에너지 부분도 마찬가집니다. 세계 최초로 3차 전지를 개발해 쥬피터에 장착하면서 대한민국은 에너지 분야에서도 자립의 기반을 갖추기 시작했습니다. 이제 갤럭시에서 연구하는 3차 전지가 각 산업에 보급되면 우린 석유에 의존하지 않아도 됩니다. 하지만 식량만큼은 아닙니다. 이

대로 그냥 진행된다면 만약 세계가 위기에 처했을 때 대한민국은 굶어 죽을 수도 있습니다."

"설마 세계의 위기가 오겠습니까?"

윤명호가 두눈을 끔벅이며 반문을 했다.

그로서는 도저히 이해할 수 없는 내용이었기 때문이었다.

"저는 온다고 봅니다. 그래서, 대한민국의 식량자급률을 100%까지 끌어올리는 프로젝트를 마련했습니다. 이게 프로젝트 계획서니까 천천히 읽어보십시오."

"벌써 이렇게 준비하셨습니까?"

이병웅이 내민 서류는 거의 50페이지에 달했다.

거기엔 식량자급률 상승을 위한 목적과 기본 계획, 추진 내용 등이 담겨 있었는데, 갖가지 도표와 데이터가 총망라되어 있었다.

"그런데, 이걸 언제 다 만드셨어요. 눈코 뜰 새 없이 바쁘셨잖습니까?"

"1년 전부터 극비리에 검토해 온 겁니다. 한국형 식량 프로젝트를 준비하기 위해 농업 분야 전문가들이 전부 총동원되어 만들었습니다."

"휴우, 회장님은 정말 대단하십니다."

"제 생각은 간단합니다. 낙후된 농업 시스템을 세계 최고 수준으로 끌어올리는 것이죠. 지역마다 특산품을 대규모로 과학화해서 육성시켜 대한민국을 농업과 축산의 강국으로 만드는 것입니다."

"그렇게 되면 기존에 농사짓던 사람이나 축산을 하던 사람들은 다 망하게 될 텐데요?"

"우리 시스템 안으로 끌어들이면 됩니다. 그들이 농사를 짓거나 소를 키우는 건 삶을 영위하기 위한 수단이니 지장만 없게 만들어준다면 문제는 생기지 않을 거예요."

"예를 들면, 우리가 직접 고용을 한다는 거군요."

"바로 그겁니다. 최첨단 시설로 무장해서 사시사철 일할 수 있도록 하는 거죠. 팜타운을 건설해서 거주 안정을 도모해준다면 아무런 문제가 없을 거예요."

"엄청난 프로젝트가 되겠습니다. 회장님께서 구상한 대로 하려면 천문학적인 돈이 들어가야 될 텐데요?"

"얼마가 되든 상관없습니다. 그리고 그 시스템으로 우린 충분히 본전을 뽑을 수 있습니다."

"설마, 수출을 생각하는 건가요?"

"농산물이나 축산물의 수출은 FTA에 걸리죠. 하지만 가공식품은 그 범위에서 벗어납니다."

"아하, 알겠습니다. 그래서 여기에 가공식품에 관한 것이 담겨 있었군요."

"그렇습니다."

"시작은 언제부터 하면 되겠습니까?"

"최대한 빨리 움직였으면 좋겠어요. 우리에겐 시간이 많지 않으니까요."

＊　　　＊　　　＊

제네바 모터쇼.

세계 5대 모터쇼 중의 하나인 제네바 모터쇼는 매년 스위스 제네바에서 열리는데, 전 세계의 신차들이 선을 보이는 행사다.

평균 100만 명의 관객들이 관람을 하고 자동차 관련 기자들이 떼로 몰려들어 제네바는 매년 3월이면 몸살을 앓는다.

갤럭시의 '쥬피터'가 처음 모습을 드러낸 곳은 바로 그 제네바 모터쇼였다.

이미 개발 완료 시점부터 전 세계의 이목을 집중시켰는데, 쥬피터가 세계 최초로 3차 전지를 이용한 신개념 전기차였기 때문이었다.

쥬피터가 출시되기 전까지 세계는 2차 전지 전기차에 올 인하고 있는 상태였다.

즉, 다시 말해 일정 시간이 지나면 충전소를 이용해 배터리를 충전해야 하는 방식이었다.

하지만 쥬피터는 다르다.

자체 충전 방식이었기 때문에 별도로 배터리를 충전할 필요가 없었고 배터리 수명도 3년으로 보장되어 있었다.

일대 개혁이나 다름없는 발명.

그러니 자동차의 역사는 쥬피터로 인해 다시 써지게 될 거란 평가는 그냥 나온 게 아니었다.

제네바 모터쇼에 참가한 자동차 관계자와 기자들은 수많은 자동차가 전시되어 있었음에도 온통 쥬피터 앞에 몰려 있었다.

그것은 일반 관객들도 마찬가지였다.

워낙 충격적인 제3세대 자동차였기에 모든 사람들의 시선이 집중되는 건 당연한 일이었다.

그뿐인가.

갤럭시 쪽에서는 세계 최고의 디자이너들을 통해 지금까지의 콘셉트와 전혀 다른 자동차 외관을 뽑아냈다.

유려한 곡선이 주를 이루었고 미래를 상징하는 직선들이 절묘하게 배치된 신개념 디자인이었다.

쥬피터의 종류는 4가지.

소형, 중형, 대형, 그리고 SUV였다.

*   *   *

"광고를 같이 찍자고요?"

"싫어요?"

"싫은 게 아니라 너무 갑자기 그러니까… 어떤 광고예요?"

"쥬피터."

"아… 그 엄청나다는 자동차?"

"맞아요."

"와아, 그 자동차가 출시되면 세계가 발칵 뒤집힐 거라면서요. 그런데 왜 병웅 씨가 광고 제의를 해요. 막 그래도 되는 거예요?"

"하하… 미리 이야기를 해놨어요. 나와 수인 씨가 같이 출연하는 게 좋겠다고 했더니 너무 좋아하던데요."

이병웅의 말을 들은 황수인이 고개를 끄덕였다.

충분히 일리 있는 말이다.

세계를 떠들썩하게 만든 두 사람이었으니 막상 두 사람이 광고에 출연한다면 일대 센세이션을 일으킬 것이다.

"난 곧 영화 촬영에 들어가야 해요. 스케줄도 맞춰봐야 하고 소속사와 협의를 해야 되는데……."

"무조건 수인 씨 스케줄에 맞춘다고 했어요. 아마, 내일쯤 광고 회사에서 수인 씨 소속사에 전화가 갈 겁니다."

"냐야 병웅 씨와 같이 촬영하면 좋죠. 데이트도 하고 돈도 벌고… 병웅 씨랑 같이 출연하니까 돈 많이 주겠네요. 그렇죠?"

"아마, 그럴걸요."

빙그레 웃었다.

황수인은 돈을 밝히는 여자가 아니라는 걸 잘 알고 있었기에 그녀의 말을 농담으로 받아들일수 있었다.

"병웅 씨는 이번에도 광고 찍으면 불우한 사람들 도울 거예요?"

"그럴 생각이에요."

"우왕, 맨날 벌어서 그런 데 다 쓰면 어떡해요. 이러다가 데이트 비용 내가 다 내는 건 아닌지 모르겠네."

"좀 얻어먹어 봅시다. 이럴 때 아니면 내가 언제 얻어먹겠어."

"호호… 병웅 씨, 그거 나도 같이해도 돼요?"

"뭘요?"

"내 개런티 말이에요. 병웅 씨 기부하는 곳에 나도 기부하고 싶어요."

"정말이에요?"

"예. 그동안 너무 나만 생각하며 살았던 것 같아요. 그래서 이제부터 병웅 씨 따라 남들을 배려하며 살 생각이에요.어휴, 병웅 씨 때문에 나도 철이 들었나 봐."

눈을 보니 진심이다.

그저 자신의 환심을 사기 위해 빈말로 하는 게 아니었다.

그랬기에 너무 예뻐서 저절로 농담이 나왔다.

"나 밥 사주기 싫어서 그러는 거죠."

"어, 어떻게 알았어요?"

"하하하……."

유쾌하게 웃었다.

그녀와 함께하는 시간들.

지금까지 전혀 경험하지 못했던 즐거움과 설렘.

수많은 여자들과 잠자리를 가졌지만 이런 행복을 느끼는 건 처음이었다.

*   *   *

이병웅이 황수인의 손을 잡고 나타나자 촬영장에서 대기하고 있던 기자들이 벌 떼처럼 카메라 플래시를 터뜨렸다.

오늘은 쥬피터의 광고를 찍는 첫날이었는데, 이미 두 사람이 함께 출연한다는 사실이 알려지면서 한바탕 난리를 겪은 상태였다.

"이병웅 씨, 촬영 전에 잠시 인터뷰를 하면 안 되겠습니까?"

간절한 외침이 여기저기서 터져 나왔다.

기자들은 두 사람과의 인터뷰를 간절히 원하고 있었다.

"그럼 잠시만 하겠습니다. 촬영 스태프들이 기다리고 있으니까 짧게 한다고 약속해 주시면 그렇게 할게요."

"감사합니다!"

자리가 비워졌고 급조된 인터뷰장이 마련되었다.

기자들은 마치 오스카상 시상식에 참여한 것처럼 인산인해를 이루었는데, 대충 봐도 100명이 훌쩍 넘었다.

"먼저 이병웅 씨, 황수인 씨와 같이 촬영을 하게 되었는데요. 사전에 두 분이 약속한 게 있었나요?"

"제가 같이 촬영하자고 했습니다. 쥬피터는 대한민국이 내놓은 최첨단 자동차고 이 자동차가 세계를 휩쓸길 바라는 마음에서 수인 씨를 설득하게 되었습니다."

"이병웅 씨는 이번 광고료로 50억을 받는 걸로 아는데요. 이번에도 불우이웃에게 도움을 주실 건가요?"

"그렇습니다. 저뿐만 아니라 이번엔 황수인 씨도 같이할 예정입니다."

"와아… 전부 다 말입니까?"

"두 사람이 그렇게 하기로 상의가 되었습니다."

"일각에서는 이병웅 씨의 재정을 걱정하는 사람들이 많습니다. 버는 대로 전부 불우이웃을 돕는 것 때문에 집도 장만하지 못할 걸로 아는데 정말 괜찮으십니까?"

"세상 걱정 중에서 제일 쓸데없는 일이 연예인 걱정이라고 하죠. 저는 충분히 먹고살 돈이 있습니다. 전혀 걱정하지 않으셔도 됩니다."

쿨하게 대답하는 이병웅을 향해 기자들은 감탄을 금치 못했다.

그렇겠지.

이병웅이 음반과 콘서트, 광고로 벌어들이는 돈이 어마어마하다는 건 누구나 다 아는 사실이다.

그럼에도 기자들이 이런 질문을 하는 건 워낙 많은 돈을 불우한 사람들을 위해 쓰기 때문이었다.

사람은 모두 욕심이 있다.

돈은 귀신조차 부릴 정도로 대단해서 인간들은 돈의 노예로 살아가고 어떤 자들은 살인조차 서슴지 않는다.

그랬기에 이병웅의 행동은 대단하다는 평가를 받는다.

한번에 그치는 것이 아니라 10년이 넘는 기간 동안 남들을 위해 번 돈의 대부분을 기탁하고 있으니 살아 있는 성인군자나 다름없었다.

"이병웅 씨, 정말 존경합니다. 이병웅 씨로 인해 사회 각층에서 기부 문화가 활성화되고 있습니다. 이 자리를 빌려 국민들께 한 말씀 해주실 수 있습니까?"

"기부 문화가 활성화된 건 저 때문이 아닙니다. 우리 민족이 원래 남의 어려움을 돕는 정신을 가지고 있기 때문이죠. 그리고 저는 연예인에 불과한 사람이니 이 자리에서 국민들께 이야기하는 건 바람직하지 않다고 생각합니다. 다른 질문을 해주세요. 저에 관한 것이라면 성실히 답변드리겠습니다."

*　　　　　*　　　　　*

정문자동차의 회장 정민구는 문을 열고 아들이 들어오는 걸 보며 깊은 한숨을 흘렸다.

아들의 표정에서 일이 틀어졌다는 것을 직감했기 때문이었다.

선친으로부터 물려받은 정문자동차를 세계적인 기업으로 키워 대한민국의 자랑거리로 만든 후에야 아들에게 회사를 맡겼다.

아직 회장직은 맡고 있으나 그는 더 이상 회사에 출근하지 않았다.

새 술은 새 부대에 담아야 한다는 생각을 했고, 자신의 건강이 예전 같지 않았기에 집에 머물며 중요한 결정을 할 때만 아들을 거들어주었다.

그러나 회사의 운명이 격랑에 흔들리자 힘든 몸을 이끌고 나올 수밖에 없었다.

위기, 아니, 어쩌면 회사의 운명은 이미 나락으로 떨어진 것이나 마찬가지였다.

갤럭시 그룹이 출시하는 '쥬피터'는 정문자동차에 악마나 다름없는 것이었다.

아니다.

전 세계 모든 자동차 회사가 전부 '쥬피터'의 칼날 아래 목을 길게 내려뜨린 채 죽음을 기다리고 있었다.

어이가 없는 일.

그동안 10년이 넘도록 수소자동차에 목을 매었던 경영진의 선택이 한낱 물거품으로 변하는 걸 보며 허탈함을 감출 수 없었다.

얼마나 많은 돈을 처들였던가.

외국의 거대 자동차 회사들이 전기차를 선점했기에 많은 단점이 있음에도 아들의 수소차 선택에 동의를 해주었다.

어리석었다.

세상의 흐름을 제대로 읽지 못했고 미래에 대한 비전도 없었으니 지금 생각해 보면 어리석고, 또 어리석은 짓이었다.

"그래, 갔던 일은 어찌 되었느냐?"

"정부에서는 도움을 줄 수 없답니다. 대한민국 경제가 흔들린다는 점을 강조하면서 쥬피터의 점유율을 제한해 달라고 요청했지만 산자부장관은 저희 제안을 단칼에 거절했습니다."

"끄응……."

"마치… 빠져나올 수 없는 올가미에 걸린 느낌입니다. 이대로라면 우리 회사는……."

정문기가 금방이라도 울 것처럼 말을 맺지 못했다.

말이 안 되는 요청이었음에도 그가 끈질기게 정부를 향해 살려달라고 애원한 것은 '쥬피터'의 약진이 눈에 보일 정도로 분명했기 때문이었다.

올해 정문자동차가 야심차게 준비한 신차의 예약 수는 1,500대에 불과했다.

그것도 회사 임원들과 협력사 직원들이 주문하지 않았다면 거의 없었을 것이다.

반면에 쥬피터의 예약판매 수는 4개 차종을 합해 단숨에 20만 대를 육박하고 있었다.

더욱 괴로운 건 이병웅이 출연한 광고가 아직 방송되기도 전에 찍은 숫자란 것이었다.

충전이 필요 없는 전기자동차. 거기에 세계에서 가장 발전된 자율주행 시스템이 탑재되었으니 당연한 일인지도 모른다.

"끔찍한 일이 생기고 말았구나. 당연히 내 죽음이 먼저일 거라 생각했는데 그 전에 가업이 망하는 걸 먼저 보게 되었어……."

정민구가 두 눈을 감으며 한탄하자 모여 있던 그룹의 임원들이 전부 고개를 땅바닥에 박았다.

세상이 좁다고 활개 치던 정문자동차의 핵심 브레인들이었으나 그들은 이제 죄인인 양 어떤 해결책도 제시하지 못한 채 한숨만 내리쉬고 있었다.

"문기야."

"예, 아버님."

"그쪽의 제안에 대한 검토가 나왔느냐."

"절대 안 됩니다. 그들의 제안은 말도 안 되는 겁니다!"

"이놈아, 기업의 수장은 끝까지 최선의 방법을 선택해야 되는 것이다. 감정으로 대하는 순간 병사와 백성들이 전부 죽는다는 걸 왜 몰라!"

"그래도… 어떻게, 할아버지께서 내려다보고 계십니다. 할아버지께서 피눈물을 흘리시며 창업한 기업을 이렇게 죽일 수는 없습니다."

"너보다, 내가 더 아프다. 너에겐 할아버지지만 나에게는 아버지다. 아버지가 돌아가시면서 남긴 유훈이 아직도 선한데 내 가슴이 오죽할까. 그래도 어쩌겠느냐. 모든 것이 미래를 내다보지 못하고 준비 못 한 우리 책임인걸. 그들이 제안한 대로 공장 부지와 서비스 센터를 양도한다면 최악의 상황은 면할 수 있을 거다. 그러니, 적극적으로 검토해 보거라."

"그자들은 우리 직원들을 인수하지 않겠다고 했습니다. 그러면 우리 직원들은 어떻게 살란 말입니까. 저는 그렇게 못 합니다."

"갤럭시가 직원들을 인수하지 않으려는 건 당연한 일이야. 그쪽 생산 라인은 사람이 거의 필요 없는데 뭐 하러 직원들을 데려가. 더군다나 매년 돈 올려달라고 투쟁이나 일삼는 놈들을!"

"그래도……."

"항복을 할 땐 가차 없이 해야 된다. 질 수밖에 없는 싸움을 질질 끌게 되면 피가 사방에 뿌려지는 법이야. 뒷일조차 기억하지 못한다는 뜻이다."

"아버님, 너무 억울합니다."

"최대한 협상해서 우리가 가진 것들을 전부 팔아라. 그래야 조금이라도 더 건질 수 있어. 승자가 아닌 다른 놈들은 패자에게 관용을 베풀지 않는다. 그럴 바엔 차라리 갤럭시에 넘기는 게 최선의 방법이야."

"…알겠습니다."

정문기는 더 이상 아버지의 말에 반박하지 못하고 고개를 숙였다.

아버지의 감은 눈에서 눈물이 주르륵 떨어지고 있었기 때문이었다.

*　　　　*　　　　*

이병웅은 정두영과 함께 최신식으로 지어진 갤럭시 본사 건물로 올라갔다.

19층.

바로 갤럭시의 회장실이었다.

그는 비서실을 들르지 않고 곧장 밖에서 들어갈 수 있는 외문을 열었다.

회장실은 반드시 비서실을 거쳐야 하기에 보통은 외문이 굳게 닫혀 있었으나 이병웅이 문을 열자 스스륵 미끄러지듯 문이 열렸다.

안에는 단 두 사람만이 앉아 있었다.

하나는 윤명호였고 다른 하나는 갤럭시의 새로운 회장을 맡은 정경민이었다.

나이 57세, 펜실베이니아 와튼스쿨을 졸업한 후 GE와 아마존을 거쳐 애플의 부사장까지 역임했던 인물이었다.

그가 들어서자 정경민이 멀뚱거리는 표정을 지으며 입을 열었다.

"혹시, 이병웅 씨 아니십니까?"

"그렇습니다."

"어쩐 일로 여길……."

정경민이 본능적으로 윤명호를 바라봤다.

하지만 이미 윤명호는 이병웅을 향해 깊숙이 허리를 숙인 상태였기에 그가 바라보는 걸 확인할 수 없었다.

"오래 기다리셨습니까?"

"아닙니다, 회장님."

윤명호의 대답을 들으며 이병웅은 여유 있게 걸어가 상석에 앉았다.

두 사람은 마주 보고 앉아 있었던지 탁자 양쪽에 커피 잔이 놓여 있었다.

불쾌한 시선.

자신의 질문에 대답하지 않은 채 이병웅이 상석에 앉자 정경민의 안색이 굳어졌다.

아무리 그가 살아 있는 전설이라 해도 이건 완전히 상식 밖의 행동이었다.

"앉으세요."

"지금 뭐 하시는 겁니까!"

"제가 설명해 드리죠. 그러니 먼저 앉으세요."

이병웅이 손을 내밀자 정경민의 얼굴이 일그러졌다.

이전 주인이었던 윤명호가 공손한 자세로 당연하다는 듯 자리에 앉았던 것이다.

그의 행동을 보면서 정경민의 표정이 다시 변했다.

산전수전 다 겪은 백전노장.

윤명호가 저런 행동을 한다는 건 그가 오늘 이곳에 온 이유와 깊숙한 관련이 있다는 뜻이다.

이병웅의 입이 열린 것은 정경민이 어쩔 수 없이 자리에 앉았을 때였다.

"미안합니다. 표정을 보니 윤 회장님께서 미리 말씀하지 않으신 것 같군요."

"설마!"

"맞습니다. 내가 오늘 오기로 한 사람입니다."

"헉!"

이병웅이 수긍하자 정경민의 얼굴이 노랗게 변했다.

이지스와 갤럭시의 실질적 주인.

거대 그룹을 휘하에 거느리며 세계경제계의 태풍으로 떠오른 남자.

그가 바로 이병웅일지 누가 상상이나 해봤단 말인가.

"조금 놀라셨나요?"

"그… 그렇습니다."

"그러실 겁니다. 세상에 저의 정체를 아는 사람은 몇 되지 않습니다. 그러다 보니 제가 직접 밝히기 전까지 신분을 노출시키는 게 금기시되어 있죠. 아마, 윤 회장님도 그래서 말씀을 안 하신 것 같군요."

"놀라운 일이지만 이해가 됩니다. 저라도 그렇게 했을 테니까요."

"저는 김 회장님이 뛰어난 경영인이라고 들었습니다. 특히, 첨단산업 쪽에 근무하신 경험이 풍부한 걸로 알고 있습니다. 그런 분이 갤럭시를 맡아주셨으니 용이 날개를 단 기분입니다."

"과찬입니다."

"그냥 빈말이 아닙니다. 갤럭시는 세계 최첨단기술을 연구하고 있으니 김 회장님처럼 유능한 분이 반드시 필요했습니다."

"최선을 다해 세계 최고의 기업이 되도록 노력하겠습니다."

"믿습니다. 불과 한 달도 되지 않았는데 오자마자 큰일부터 건드리셨더군요. 그래, 정문자동차에서는 회신이 왔습니까?"

"그걸, 어떻게……."

정경민의 얼굴이 허옇게 변했다.

극비리에 추진된 협상이었고 갤럭시 중에도 가장 먼저 장악한 기획실의 주요 인물들만 알고 있는 정보였다.

절대 기획실은 아니다.

자신이 수족처럼 여기는 원창호를 기획실장에 앉혀 완벽하게 장악했으니 정보가 빠져나갈 리는 만무하다.

그렇다면 이병웅은 다른 쪽에서 정보를 보고받은 게 분명했다.

"어제, 정문자동차의 정 사장이 직접 저를 찾아왔습니다. 여기 초안을 가져왔는데, 보시겠습니까?"

"제가 자세한 걸 알 필요가 있나요. 회장님께서 중요한 것만 말씀해 주세요."

"저는 쥬피터를 양산하면서 가장 큰 문제가 서비스 센터라 생각했습니다. 이미 출시를 앞에 두고 각 지역별로 거점을 만들어놨지만, 쥬피터의 판매량을 감안한다면 그 정도 가지고 해결할 수 없습니다. 그래서 정문자동차를 건드렸습니다. 국내뿐만 아니라 각국에 설치된 그들의 서비스망은 세계 최고 수준입니다. 반드시 인수해야 할 대상이었죠."

"결과는요?"

"그들이 보유하고 있던 공장들을 전부 인수하고 협력사들을 최대한 살린다는 조건으로 항복을 해왔습니다."

"공장에 종사하던 인력에 대해서는 아무 말 없던가요?"

"있었지만 윤 회장님이 말씀하신 것처럼 단호하게 잘랐습니다. 정문자동차의 노조는 갤럭시에겐 독버섯이나 다름없다고 생각했습니다."

"음……."

정경민의 대답에 이병웅이 손가락으로 입을 막고 긴 생각에 잠겼다.

무슨 뜻인지 안다.

극렬 노조의 대명사 정문자동차 노조는 귀족 노조라 불렸고, 막대한 연봉을 받으면서 매년 임금 투쟁을 멈추지 않는 것으로 유명했다.

"회장님, 그들을 받으십시오."

"그건 안 됩니다, 회장님. 그자들은……."

"노조 집행부만 제외시키면 됩니다. 그리고 우린 어차피 세계에 진출할 테니 막대한 인력이 필요해요. 회장님께서 정확하게 짚은 것처럼 쥬피터의 서비스 센터는 확대되어 전 세계에 포진시켜야 하고 곧 출시되는 아레스-1도 판매망이 구축되어야 합니다. 어차피 우린 인력 충원이 필요한 실정이에요."

"회장님, 그들은 내연기관에 익숙한 자들입니다. 최첨단 기능을 지닌 쥬피터에 대해서는 문외한인 자들이고 무엇보다 회사와의 전투에 익숙합니다. 데려와 봐야 득 될 게 하나도 없다고 생각합니다."

"그들은 집으로 돌아가면 한 가정의 가장이며 아이들의 아빠이고 남편이기도 합니다. 한순간에 직장을 잃게 되면 그 가정이 어떻게 될까요. 제가 갤럭시를 출범시킨 이유는 돈을 벌 목적도 있었지만 획기적인 신기술을 개발해서 대한민국 국민들 모두가 잘 사는 사회를 만들고 싶었기 때문입니다."

"과연 그들이 첨단기술이 망라된 쥬피터를 다룰 수 있을까요? 더군다나 그 못된 버릇을 고치지 못하고 태업이나 하면 갤럭시 전체에 악영향을 미칠 수 있습니다."

"교육을 시키면 됩니다. 그리고 난 노조를 붕괴시킬 생각도 없습니다. 노동자들은 자신들의 이익을 위해 당연히 노조를 만들어야 한다고 생각해요. 다만, 하릴없이 놀고먹으면서 데모나 주동하는 상급 노조 단체에 가입하는 건 안 되겠죠. 그것만 약속하면 난 노조를 만들어도 상관없습니다."

"허어, 회장님께서는 심오한 생각을 가지고 계시는군요."

"윤 회장님이 회장님을 설득시키기 위해 애국심을 호소했다고 들었습니다. 그렇습니다, 김 회장님. 갤럭시는 단순한 회사가 아니라 대한민국의 미래입니다. 잘 이끌어주십시오. 제가 회장님께 바라는 것은 갤럭시를 통해 대한민국이 세계 최고의 국가로 거듭나는 것뿐입니다."

"최선을 다하겠습니다."

"오늘 일부러 늦게 왔습니다. 김 회장님과 같이 저녁 식사를 하고 싶은데, 괜찮으시죠?"

"그렇잖아도 스케줄을 비워놨습니다. 윤 회장님이 세상에서 제일 유명한 분과 저녁 식사를 한다고 했거든요. 그분이 회장님일 줄은 꿈에도 생각하지 못했습니다."

"그 유명한 사람이 한 명 더 있죠."

"회장님보다 유명한 사람이 또 있겠습니까?"

"있습니다. 철혈의 여장부, 금융계의 미다스 손."

"아… 정설아 회장님도 오시는 모양이군요."

"인사는 하셨나요?"

"제가 부임할 때 축하 인사를 오셨습니다. 그때, 갤럭시의 투자자금이 전부 제우스에서 나왔다는 걸 처음 알았죠. 알고 보니 저에겐 엄청난 상전이라 그때부터 그분께 쩔쩔매고 있습니다."

"하하, 그분 성격이 날카로워서 잘 모셔야 할 거예요."

정경민의 농담을 이병웅이 받아주자 옆에 있던 윤명호가 껄껄 웃었다.

그때 문이 열리며 날씬한 그림자가 나타났다.

"회장님, 사람 없을 때 흉보는 거 안 좋은 버릇이에요!"

　　　　　*　　　　　*　　　　　*

"와아, 끝내준다. 멋있어, 아름답기도 하고."

"누구… 저 두 사람?"

"전부 다. 병웅 오빠도 수인 언니도, 저 쥬피터도 전부 멋있고 아름다워."

손혜정이 말을 하면서 연신 감탄을 터뜨리자 옆에 있던 민수연이 인정한다는 듯 고개를 끄덕거렸다.

그녀들은 지금 '쥬피터'의 광고를 보고 있었는데, 미래도시를 보는 것처럼 환상적인 장면들이 흐르고 있었다.

이병웅과 황수인은 환하게 웃는 얼굴로 차를 타고 도시를 질주했는데, 화려한 네온사인과 어울려 신비로움을 자아냈다.

"저 차 얼마래?"

"쥬피터 XZ. 저건 제일 비싼 차야. 기존 자동차들과 다르게 단일 가격을 책정했는데 1억 5천만 원이란다."

"우와, 엄청 비싸네."

"비싸긴 뭐가 비싸. 저번에 뉴스에서 비교한 걸 보니까 정문자동차에서 생산된 동급 차량이 1억인데 10년 기준으로 계산해 보면 휘발유값 감안했을 때 비슷하대. 더군다나 쥬피터는 최첨단 자율주행 장치가 장착되어 있어서 정문자동차와는 게임이 안 될 정도로 성능이 끝내준다고 했어."

"돈 있는 사람들은 무조건 사겠지?"

"그걸 말이라고 해. 벌써 우리나라만 50만 대나 예약이 밀렸대. 더 웃긴 건 외국 쪽에서 난리가 아닌가 봐. 갤럭시 자동차 한 해 생산 대수가 200만 대 정돈데 당장 외국에서 요청 온 게 100만 대가 넘는다더라."

"끝내주는군. 돈 엄청 벌겠어."

"불과 한 달도 안 되서 예약된 숫자가 그 정도니까 오죽하겠니. 그나저나 우리나라 자동차 회사들 어쩌냐. 쥬피터에게 밀려서 요즘 기존 차들은 아무도 안 산다잖아."

"하나가 살면 하나가 죽는 거지. 정문자동차 주가 봐라. 폭락에 폭락을 거듭하잖아. 휴우… 불쌍하지만 어쩌겠니. 새로운 시대에 준비하지 못한 그 사람들 책임이지."

"그건 그런데… 거기 관련된 사람들이 엄청 힘들 거야."

"난 그런 거 몰라. 그쪽 사람들 춘투다 추투다 맨날 데모나 하고 귀족 노조라 불린 사람들이잖아. 자업자득이지 뭐."

"냉정한 계집애!"

손혜정이 눈을 흘기자 민수연이 어깨를 으쓱거렸다.

그녀는 오랫동안 봐왔던 자동차 노조의 행패가 머릿속에 박혔던지 전혀 동정하는 표정이 아니었다.

"저기 광고에 나온 차도 멋있지만 중형차나 소형차 디자인도 끝내준다네. 난 돈이 없으니까 소형차나 사야겠어."

"그건 얼만데?"

"소형차는 4천만 원이면 사나 봐. 정부에서 전기차는 보조금을 지급해 주거든."

"성능은?"

"똑같대. 소형차에도 첨단 장치들은 전부 집어넣어서 성능이 쥬피터XZ과 별반 다를 게 없다고 나왔어."

"그리고 보면 갤럭시 참 재밌는 회사야. 기존 자동차 회사 같으면 성능 하나 집어넣을 때마다 가격을 올렸을 텐데. 봤잖아, 정문자동차가 무슨 무슨 옵션을 추가했다면서 같은 차종인데도 가격을 팍팍 올린 거."

"자신 있어서 그런 거 아닐까? 그런 짓 하지 않고도 충분히 돈 벌 수 있다는 자심감?"

"그럴듯하네."

"그나저나, 우리 병웅 오빠는 늙지도 않나 봐. 여전히 애기 피부야."

"쳇, 수인 언니는 좋겠다. 저런 남자의 사랑을 받다니……."

"잤을까?"

"벌써 그랬을 리는 없어. 이제 사귄 지 얼마나 됐다고 벌써 자."

"웃겨, 저는 성호 씨랑 3주 만에 잤으면서."

"그건 성호 씨가 보채는 바람에 어쩔 수 없이… 그리고 보니 잤을 수도 있겠다. 연예인들은 원래 좀 빠르니까."

"침 닦아. 상상하지도 말고. 어머, 얘 봐. 벌써 상상 들어갔네. 눈이 반쯤 풀렸어."

"응, 너도 상상해 봐. 히힛, 괜히 막 웃음이 나오네. 병웅 오빠 몸이 오죽 좋아야 말이지."

*　　　　*　　　　*

국방부장관 최대영은 제5공수여단장이 문을 열고 들어와 부동자세로 경례를 붙이자 가볍게 답례를 하고 먼저 소파에 앉았다.

"거기 앉아."

"예, 장관님. 총장님, 오랜만에 뵙겠습니다."

"그래, 자네도 잘 있었지?"

먼저 와 있던 육군참모총장이 슬쩍 웃으며 인사를 받았다.

하지만 얼굴엔 긴장이 담겨 있다.

그 역시 장관의 호출로 불려 왔기 때문에 제5공수여단장과 비슷한 심정이었다.

"여단장도 왔으니 본론을 바로 말하지. 장총장, 제5공수를 이동 배치 시키라는 명령이 내려왔네."

"5공수를요? 어디로 말입니까?"

"동탄."

"저는 이해가… 동탄에 뭐가 있다고 그쪽으로 보냅니까?"

"국가 특급 기지를 방어하는 임무다."

"특급 기지라뇨. 설마 갤럭시를 말하시는 겁니까?"

"아닐세."

"그렇다면 특전사와 교대하려는 게 아니군요. 갤럭시가 아니라면 거긴 방어할 기지가 전혀 없는 곳인데요."

"있어. 최근에 만들어졌고 국가의 운명이 달린 기지야. 대통령님께서는 그 기지를 철통같이 방어해야 된다고 나에게 신신당부를 하시더군."

"으음… 그 정도라면 그게 어떤 건지 말해주시지 않겠군요."

"맞아, 말해줄 수 없네."

단호한 장관의 말에 참모총장이 긴 한숨을 흘렸다.

동탄에는 수천만 평에 달하는 갤럭시 본사와 연구단지, 자동차 공장이 있어 보병연대와 707특전사가 경계 임무를 서는 곳이었다.

그런 지역에 제5공수여단을 투입한다는 것은 갤럭시 못지않은 시설이 존재한다는 걸 의미했다.

갤럭시는 동탄2신도시와 불과 20㎞ 떨어진 곳에 있었는데, 대한민국의 첨단 과학을 이끄는 요람으로 전 세계에 널리 알려진 테크노 밸리였다.

과학계에서는 동탄의 테크노 밸리를 미국의 실리콘밸리와 더불어 미래를 이끄는 쌍두마차라 불렀다.

하지만 이해가 가지 않는다.

아무리 중요하다 해도 사단 화력의 지원을 받는 보병연대와 특전사, 거기에 공수여단까지 합쳐진다면 대한민국에서 가장 중요하다는 청와대 방어선보다 훨씬 강했다.

"여단장!"

"예, 장관님."

"기간은 1주일이다. 최대한 빨리 부대를 정비해서 이동시키도록."

"장관님, 부대를 어떻게 1주일 만에 이동하란 말입니까. 불가능합니다."

"원장군이 불가능하단 소리를 하다니 의외구먼."

"부대를 상주시키려면 당장 제반 시설이 준비되어야 합니다. 그런 준비 없이 부대를 이동시키면 당장은 버티겠지만 상당한 문제점이 발생할 겁니다. 더군다나 제5공수는 최정예부대인데 기지 방어 임무가 부여되었다는 게 믿기지 않습니다. 단순 기지 방어 임무라면 보병 사단으로도 충분하지 않겠습니까?"

웬만해서는 반박하지 않았겠지만 여단장은 장관의 얼굴을 똑바로 쳐다본 채 자신의 의견을 피력했다.

혹시 누군가의 부탁이나 단순 지시로 인해 최정예부대인 5공수여단을 꼭두각시로 세우는 것이라면 목숨을 걸고서라도 부딪치겠단 표정이었다.

참모총장의 표정도 비슷했다.

천생 군인인 그들은 과거 군사독재 정권의 주구가 되어 국민을 죽였던 놈들과는 전혀 다른 정신 구조를 가진 사람들이었다.

그 모습을 보면서 최 장관의 얼굴에 희미한 미소가 피어올랐다.

"거기에 가면 최신식 막사와 각종 시설이 완비되어 있을 거다. 그리고 내 말을 흘려들었나 본데, 그 기지는 5공수 아니면 안 되는 시설이야. 대한민국에서 가장 강하다는 5공수만이 지킬 수 있는 기지란 뜻이다. 이래도 안 된다고 하겠나?"

"정말 국가를 위하는 일입니까?"

"그 기지는 대한민국의 미래다. 대통령님께서는 내게 이런 말씀을 하시더군. 정권이 바뀌어도, 세상이 뒤집혀도, 그 외에 어떤 일이 있어도. 그 기지만은 죽음으로 사수해야 된다고. 솔직히 말해서 나는 그 기지에 어떤 것이 있는지 안다. 하지만 그 비밀은 내가 목숨이 다하는 그날까지 지킬 것이다. 총장, 그리고 여단장. 자네들 역시 마찬가지야. 5공수는 공식적으로 움직이지 않았다. 그저 훈련을 위해 이동 방어 훈련을 하는 것일 뿐이지. 내 말 무슨 뜻인 줄 알겠나?"

"알겠습니다."

*   *   *

제5공수여단 1중대장인 문광식은 20여 대의 차량이 들어오는 걸 보며 입맛을 다셨다.

정부에서 허가된 출입 증명서.

그들이 하는 짓은 오직 증명서를 확인하고 차량을 통과시키는 것과 어떤 세력도 지하 기지 주변으로 다가오는 것을 방어하는 것뿐이었다.

차량이 경사진 도로를 따라 지하 기지로 들어가면 거기서부터는 정체 모를 사내들이 모든 것을 통제하고 있었다.

그들은 지하 기지에서 먹고 자며 교대근무를 했는데, 공수여단 병력보다 오히려 더 날카로운 기세를 지닌 자들이었다.

검은 전투복.

군복과는 전혀 다른 스타일이었지만 사내들이 입은 옷은 전투에 최적화된 것으로 그들의 어깨엔 최근에야 보급된 K-501 자동화기가 매달려 있었다.

"서 중사, 네 눈에는 저 새끼들 정체가 뭔 것 같냐?"

"글쎄요. 머리가 짧지 않은 걸 보면 군인은 아닙니다. 하지만 하는 행동으로 봤을 때 우리 병력 못지않은 전투력을 가진 것으로 보입니다."

"내가 잘못 본 게 아니었군."

부하의 대답에 문광식이 얼굴을 가볍게 찌푸렸다.

5공수여단은 삶과 죽음의 경계 속에서 극한의 훈련을 거듭한 끝에 탄생된 대한민국 최정예 병력이었다.

그런 병력에 전혀 밀리지 않는 기세를 가졌다는 건 그들 역시 그 이상의 환경에서 지냈다는 걸 의미했다.

*   *   *

제우스의 금과 은 매집 작전은 여러 방법이 전부 동원되었다.

첫 번째가 정부와 기업들을 활용하는 작전이었다.

금은 중국이나 러시아 등 다른 나라처럼 한국은행이 직접 나서서 공식적으로 매입했고, 은은 산업용으로 쓴다는 구실 아래 정부의 주도로 여러 개의 기업이 매입을 시행했다.

당연히 한 번에 구입하는 물량이 크다.

한국은행이 매입한 금은 한 번에 10여 톤씩 진행되었는데 공식적인 수입으로 위장되었고 기업들이 사들이는 은은 매달 200만 온스에 달했다.

두 번째는 제우스가 만든 컴퍼니를 통해 수입하는 방법이었다.

거의 80개에 달하는 제우스의 하부 컴퍼니는 30여 개국의 금시장과 은 시장에 파고들어 매일 소량씩 사들였다.

하지만 평균 물량 면에서 봤을 땐 오히려 컴퍼니가 수입하는 물량이 정부 주도의 공식 수입 물량보다 훨씬 컸다.

"병웅 씨, 다섯 달 동안 금 수입량이 170톤이야. 정부에서 70톤, 컴퍼니가 100톤. 은은 2,200만 온스 수입했어."

"생각보다 많지 않네요."

"어쩔 수 없나 봐. 일단 물량 확보가 어렵고. 은밀하게 추진해야 된다는 제약 조건 때문에 컴퍼니가 힘들어해."

"이런 속도라면 1년에 500톤을 넘기기 힘들겠어요. 누나, 우린 서둘러야 해요. 다른 나라의 금 매집 속도를 감안해 보면 아무래도 눈치 볼 일이 아닌 것 같아요."

"알아, 중국과 러시아 등은 아주 작정하고 사들이더라."

"윤명호 회장님한테 한국은행 총재를 다시 만나라고 하세요. 어차피 내지르는 거 최대한 짧은 순간에 결판을 냅시다."

"어쩌려고?"

"정부에서 수입하는 양을 2배로 늘려달라고 하세요. 그리고 우리 쪽도 서두르라 독려하시고."

"은밀하게 하려던 거 아니었어?"

"처음에 그랬죠. 하지만 아무래도 느낌이 안 좋아요. 열강들이 금 매입을 서두르는 걸 보면 뭔가 일이 급박하게 진행되는 것 같아요."

"알았어. 윤 회장님께 전화할게."

정설아는 머리 회전이 무서운 여자다.

그녀 역시 최근 들어 급격하게 증가하는 다른 나라의 금 매집을 보면서 불안감을 느끼고 있었기에 이병웅의 지시가 충분히 일리 있다고 여겼다.

금과 은을 은밀하게 매입하려던 이유는 미국 때문이었다.

아직 한국은 미국의 영향력 아래 놓여 있기에 미국이 시비를 걸면 정치적, 경제적으로 곤란을 겪을 수밖에 없다.

한국이 금을 매입했을 때 미국이 시비 거는 이유는 간단하다.

현재 금을 매집하는 국가들은 전부 미국의 반대편에 서 있는 국가들이 대부분이었다.

중국, 러시아, 터키, 헝가리, 인도 등.

달러의 최대 적은 바로 신의 돈이라 불리는 금이었다.

미국은 지금 적대국들이 금을 매집하는 이유가 달러의 생명을 종식시키기 위한 노력이라고 여기고 있었다.

"누나는 왜 금값과 은값이 오르지 않는다고 생각해요?"

"글쎄, 여러 가지 이유가 있겠지. 병웅 씨 표정 보니까 결정적인 이유를 알고 있는 모양이네?"

"저번에 잠깐 말한 것처럼 JP모건의 은 매집이 속도를 내고 있어요. 미국에 있는 정보원에 의하면 벌써 3억 온스를 매집했다고 하더군요. 전 세계 은량이 21억 온스니까 정말 많은 양입니다. 그런데 더 중요한 건 그 매집이 끝날 것 같지 않다는 거예요. 최근 은값을 놈들이 확실하게 찍어 눌렀다는 증거를 찾았거든요."

"정말?"

"일주일 전 JP모건에게 합병된 베어시턴스의 선물 담당 직원이 CIA에 체포되었다는 뉴스가 올라왔다 사라졌어요. 단 10분만에 사라진 걸 보면 누군가가 기사를 삭제한 게 틀림없습니다."

"베어시턴스가 은값을 조작했다는 증거를 CIA에서 확보했다는 뜻이구나?"

"맞아요. 그자들이 조작하면서 실물 은을 매집하고 있는 겁니다. 이제 우리의 예측이 현실로 드러난 거죠."

"휴우, 병웅 씨가 더 서두르는 이유를 알겠다. 만약 그자들이 원하는 은의 매집을 끝내면 은값의 변동은 무시무시하겠어. 그러니 우린 그 전에 최대한 양을 확보해야 되는 거야. 그렇지?"

"빙고."

"그렇다면 금은?"

"금은 연준이 통제하고 있는 게 분명해요. 계속 금의 차트를 확인하고 있는데 오를 만하면 누군가가 찍어 내리고 있더군요. 저는 그자들이 연준이라 생각합니다."

"달러를 방어하기 위해서겠지?"

"워낙 많이 풀렸으니까요. 그들은 달러의 가치를 지키기 위해서라면 어떤 짓이라도 할 테니 이상한 게 아니죠. 그러나 그것도 곧 한계에 부딪칠 거예요. 만약 양적긴축을 다 하지 못하고 다시 돈을 풀게 된다면 천하의 연준이라도 결국 금값을 막지 못할 겁니다."

상승장.

연준이 풀어놓은 막대한 화폐와 각국이 정신없이 찍어낸 화폐가 전 세계를 싸돌아다니며 주식시장을 불 뿜게 만들었다.

그건 대한민국 시장도 마찬가지였다.

항상 박스권만 유지하면서 남들이 오를 때 제자리걸음을 하던 한국 시장은 이지스그룹이 상장되고 제우스가 철저하게 공매도와 작전세력을 때려 막아 선물 옵션 시장에서의 장난질을 멈추게 만들자 거침없는 상승을 거듭했다.

예전의 주식시장은 투자가 아니라 투기라는 인식이 강했다.

국민들 대부분을 한탕주의에 빠지게 만든 외국인과 기관들의 장난질, 그리고 개미들을 끌어들여 먹튀를 하던 작전세력에 의해서였다.

하지만 이제는 아니다.

그런 못된 악습들이 전부 사라진 대한민국 주식시장엔 국민들의 투자 바람이 불고 있었다.

우량기업에 꾸준히 투자하면 언젠가 보상을 받게 된다는

인식이 자리잡으며 국민들은 은행에 저축하는 것보다 주식 투자를 더 선호했다.

현재 한국 주식시장의 지수는 4,000P.

미국, 일본, 유럽에 비해 상승 속도가 빠르지 않았지만 그것은 대한민국의 주식시장에 문제가 있는 게 아니라 유동성 함정에 빠진 나라들이 버블을 만들고 있었기 때문이었다.

한국은 금융위기 이후 찍어 냈던 화폐들을 대부분 축소해서 시장의 균형을 맞춰놓은 상태였지만 다른 나라들은 여전히 돈을 풀고 있는 중이었다.

대표 기업들이 세계를 휩쓸며 돈을 벌어왔기 때문에 한국은 재정건전성을 확실하게 컨트롤할 수 있었지만, 미국을 비롯해서 유럽, 일본, 중국의 부채는 마치 눈덩이가 커지는 것처럼 확장되고 있었다.

*   *   *

"너무 오랜만이라 얼굴 잊어먹겠다. 연애 사업은 잘돼 가지?"

"그럼요."

"금년에 콘서트 안 하는 이유가 수인이 때문이니?"

"하하… 그럴 리가요. 콘서트 한다고 연애 못 합니까. 힘들어서 그래요. 이제 앞으로 2년이나 3년에 한 번씩 콘서트를 할 생각입니다. 그동안 사장님 돈 벌게 해주느라 너무 힘들었어요."

"어이구, 누가 들으면 내가 널 이용해서 재벌 된 줄 알겠다."

"재벌은 안 됐어도 명실상부한 대한민국 엔터테인먼트계의 황제는 되었잖아요."

"크음, 그 말 괜찮네. 기분 나쁘지는 않아."

김윤호가 히죽거리며 황제란 말을 중얼거렸다.

사실이다.

그는 이병웅과 일하는 동안 다른 엔터테인먼트 회사와 비교할 수 없는 부와 명예를 얻었고 정부에서 여러 번 상을 받았을 정도로 독보적인 활동을 했다.

최근 연예인들의 꿈이 '창공'에 적을 두는 것이란 말이 나올 정도로 모든 연예인들은 '창공'을 원하고 있었다.

"그럼 뭐 하려고? 일 안 하고 계속 놀면 살쪄. 그러다 버릇 되면 못 고친다."

"할 일 많습니다."

"무슨 할 일?"

"사장님은 몰라도 돼요. 알면 다치거든요."

"헹, 웃기시네."

"하하… 그래도 가끔은 우리 사장님과 이렇게 술 정도는 마실게요. 우리 본 지 벌써 3달이나 지났네. 시간 정말 빨리 가요. 그렇죠?"

"아직 젊은 애가 시간 타령이냐. 누가 들으면 다 늙은 줄 알겠네. 가만, 그러고 보니까 네가 벌써 38살인가?"

"그렇죠."

"이야, 장가 빨리 가야겠다. 이제 마음도 잡았으니까 결혼하는 건 어때?"

"내가 결혼하면 수많은 팬들이 울 텐데요. 사장님 돈 버는 것도 지장이 있을 거고?"

"흥, 다른 이유가 있는 건 아냐?"

"다른 이유 뭐요?"

"고양이가 생선을 멀리하면 곧 죽는다더라. 계속 생선 먹고 싶지 않아?"

김윤호가 묘한 표정을 지으며 추궁하자 이병웅이 쓴웃음을 지었다.

콘서트를 할 때마다 세상에서 가장 유명하다는 외국의 여자 스타들과 잔 걸 의미했기 때문이었다.

재밌다.

하긴, 김윤호의 입장에서는 죽어도 포기하지 못할 이벤트였는지 모른다.

한 명, 한 명이 텔레비전과 영화에서 전 세계 남자들의 사랑을 받고 있는 워너비 스타였으니 그가 봤을 땐 이병웅이 카사노바로 보였을 것이다.

"사장님, 그거 앞으로 안 할 겁니다. 충분히 해봤고 즐기만큼 즐겼거든요. 더군다나 이젠 사랑하는 사람 생겼잖아요."

"허이구, 그럼 네 콘서트를 기다리며 줄 서 있는 수많은 미녀들은 어쩌고?"

"사장님 가지세요."

"미친놈. 걔들이 나를 쳐다보기나 하냐. 너니까 통한 거지, 나 같은 사람은 돈 보따리를 다발로 줘도 절대 안 돼."

"하하… 억울해하지 마시고 술이나 드세요."

김윤호가 도끼눈을 뜨고 째려보자 이병웅이 술잔을 내밀어 주전자에 담긴 술을 따라주었다."

이곳은 김윤호가 이병웅과 식사할 때마다 오는 한정식집인데 방음이 잘되어 옆방 목소리가 들리지 않았다.

김윤호의 표정이 슬쩍 변한 것은 한입에 술을 털어 넣은 후였다.

"병웅아, 내 부탁 하나 들어줄래?"

"무슨 부탁요?"

"작년 콘서트 끝난 지 벌써 1년이나 지났다. 특히, 이번엔 네가 콘서트를 안 하는 바람에 전 세계 팬들이 널 무척이나 보고 싶어 해."

"본론만 말씀하지죠, 서두가 길면 불안해져요. 워낙 사장님이 음흉해서."

"솔직히 말해서 JBC 사장한테 뇌물을 받았어. 저번에 한번 만나자고 해서 나갔는데 다짜고짜 텐프로에 끌고 가더라. 거기서 제일 예쁜 애를 붙여주는 바람에 진짜 오랜만에 홍콩 갔다 왔어."

"참 내, 형수님 돌아가신 지 얼마나 됐다고……."

"이 자식아, 네 형수 죽은 지 벌써 3년이나 지났다. 내 나이 아직 환갑도 되지 않았어. 아직도 이놈이 아침마다 살려달라고 운다니까!"

김윤호가 자신의 가운데를 가리키며 소리를 질러댔다.

그러자 이병웅이 입맛을 다시며 알았다는 듯 시선을 돌려버렸다.

"그래서요, JBC 사장이 왜 사장님한테 접대를 한 겁니까?"

"한 번만 JBC에 출연해 달래. 너만 출연하면 그쪽 프로가 대박을 터뜨릴 수 있다면서 사정사정하더라."

"어떤 프로그램인데요?"

"출연할 거야?"

"들어보고요."

*　　　　*　　　　*

'신화 프로젝트'.

이지스가 별도로 '농군'이란 기업을 만들어 추진하는 농업 혁신 프로젝트다.

당연히 이병웅의 지시에 의해 시작된 것으로, 윤명호가 그룹 회장직을 걸고 맹렬하게 밀어붙이는 중이었다.

'신화 프로젝트'는 크게 농산물과 축산물로 대별되는데, 실생활에 반드시 필요한 품목을 집중 육성 하는 것으로 계획되어 있었다.

농산물은 쌀을 비롯해서 10대 품목을, 축산은 소와 돼지, 그리고 닭으로 한정했다.

"농산물은 전국 250개 거점에서 생산하는 것으로 계획했습니다. 축산물은 120가지입니다."

"규모는요?"

"대한민국의 소비량을 철저하게 분석해서 규모를 산정했습니다. 여기에 상세한 자료가 있으니 살펴보시겠습니까?"

"됐어요. 그쪽 분야의 최고 브레인들이 만들었으니 알아서 잘했겠죠."

"기본 계획서를 보완해서 현재 설계에 들어간 상태입니다. 특히, 축산물은 각종 바이러스가 침투하지 않도록 사육장의 컨디션을 최적으로 건설할 예정입니다."

"잘하셨어요. 절대 무슨 일이 있어도 피해가 발생하면 안 됩니다."

"아, 도착했군요. 여기가 농업기지 1번 거점 후보지입니다."

윤명호가 창밖으로 끝없이 펼쳐진 농경지를 가리키자 이병웅이 차 문을 열었다.

"정말 넓은 평야군요. 이런 곳이 제대로 정비되어 있지 않으니 생산량이 떨어지는 거겠죠."

"그렇습니다. 현대 농업은 거의 대부분 기계를 사용하지만 논의 주인들이 달라 효율적인 작업이 어렵습니다. 하지만 회장님께서 말씀하신 대로 '신화 프로젝트'가 본격 가동되면 대한민국의 농산물 수확량은 대폭 늘어나게 될 것입니다."

"우리가 이런 프로젝트를 추진한다니까 대통령님은 뭐라던가요?"

"많이 놀라시더군요. 그리고 아쉬워하셨습니다."

"왜요?"

"이제 임기가 얼마 남지 않으셨잖습니까. 당신께서 대통령직에 계실 때 '신화 프로젝트'가 완성되지 못하는 걸 아쉬워하시더군요. 그러면서 전폭적인 지원을 약속하셨습니다. 부지 매입과 건설, 운영, 전 분야에 걸쳐 인허가라든가 민원 처리 등 정부가 해줄 수 있는 일이라면 최단 시간 내에 우선적으로 처리해 주겠다고 장담하셨습니다."

"그분 지지율이 73%라죠?"

"지금 이 상태라면 더 올라갈 거예요. 임기가 불과 5개월

남았지만 워낙 현명하고 강직하셔서 국민들이 전부 좋아하거든요. 그분 지지율을 대폭 올려주신 게 회장님 아닙니까?"

"또 그러시네… 우리 조금 걸어볼까요?"

윤명호의 설명을 들으며 이병웅은 천천히 논을 향해 걸어나갔다.

천천히 익어가는 벼들의 행진.

드넓게 펼쳐진 논에서는 벼들이 줄지어 늘어서 수확의 계절을 기다리고 있었다.

윤명호의 말대로 국민들은 대통령에게 압도적인 지지를 보내주었다.

어쩌면 당연한 일.

경제는 최상이었고 실업률은 2% 내외에서 움직일 정도로 완전 고용에 가까웠다.

이지스를 필두로 세계 반도체 시장을 장악한 삼전과 극비리에 보급된 양자컴퓨터를 기반으로 첨단 과학 분야에서 약진을 거듭하는 기업들 덕분에 정부의 재정건전성은 세계 1위를 기록하는 중이었다.

돈이 많으니 국민들의 복지 수준도 대폭 개선되어 이젠 서울역에서 노숙자를 발견할 수 없었다.

'신화 프로젝트'는 제우스와 이지스가 본격적으로 막대한 이익을 창출할 때부터 구상한 것이었다.

농업 강국을 만들겠다는 야심이 발동된 것은 미래에 다가올지 모르는 위기를 대비하기 위함이었다.

만약, 미국의 연준이 양적긴축을 제대로 시행하지 않은 상태에서 경제위기를 맞게 되면 인류는 그들이 뿌리는 화폐로 인해 대공황을 맞이할 가능성이 컸다.

왜 그런 말도 안 되는 상상을 했냐고?

말이 안 되는 게 아니다.

세상은 화폐가 적정한 양을 초과해서 미친듯이 뿌려지면 하이퍼인플레이션을 발생시키기 때문에 자연스럽게 대공황이란 지옥에 빠져든다.

하이퍼인플레이션의 구성 요소는 두가지.

하나는 막대하게 늘어난 화폐의 양이고, 또 하나는 그 화폐의 유통 속도다.

세상에 아무리 돈이 많아도 사람들이 전부 저축을 한다면 하이퍼인플레이션이 발생하지 않지만 그런 바람은 낙타가 바늘구멍에 들어가는 것처럼 불가능한 것이다.

예전 독일에서는 벌어진 하이퍼인플레이션은 경제의 가장 큰 교훈 중의 하나다.

그 당시, 한 여자가 커피숍에서 4마르크의 커피를 마신 후한 잔 더 주문했을 땐 8마르크를 지불했다는 건 아주 유명한 일화였다.

그녀가 커피 한 잔을 마신 시간은 불과 30분밖에 걸리지 않았다.

시원하게 불어오는 바람 속에서 걸음을 멈춘 채 빈 하늘을 바라봤다.

대한민국은 자신의 생각대로 굴러가고 있었다.

경제는 최대 호황을 맞이해서 GDP 성장률이 선진국으로는 불가능하다는 7%를 찍었다.

하지만 그건 시작에 불과하다.

금년 봄에 출시된 가상현실게임 '아레스-1'이 불과 6개월 만에 1,200만 개가 팔려 나가는 기염을 토해냈다.

'아레스-1'의 판매는 특정 국가에 한정된 게 아니라 전 세계에 빠르게 퍼져 나가고 있는 중이었는데 갤럭시 측에서는 '아레스-1'의 판매가 매년 30%씩 늘어날 것이라 예측했다.

그것뿐인가, 6월에 출신된 '쥬피터'의 파괴력은 그야말로 가공할 지경이었다.

전 세계 자동차 시장을 쑥대밭으로 만들어놓은 '쥬피터'의 약진은 3개월이 지난 지금 예약 대수가 800만 대를 넘어서고 있었다.

그리고 또 하나.

이번 달에는 전 세계의 관심을 한 몸에 받고 있는 '뉴월드-1'이 출시된다.

스페이스비전을 상용화한 꿈의 핸드폰.

이 기술로 핸드폰이 개발된다는 소식이 알려진 후부터 '뉴월드-1'은 지금까지 세 번이나 타임지 표지모델로 등장했다.

전 세계는 연이어 몰아치는 신기술의 등장으로 대한민국에게 기술 분야 최강국이란 칭호를 선사했다.

이지스그룹이 획기적인 상품들을 개발해서 세계시장을 장악했을 때와는 격이 다르다.

현재 갤럭시에서 출시하고 있는 기술들은 인류가 간절히 꿈꾸고 있던 첨단 미래 기술이기 때문이다.

문제는 시간이 갈수록 미국과 중국 등 열강들의 견제가 극심해진다는 것이었다.

이제 막 신제품이 출시되어 움직이는 중이라 노골적인 견제가 시작된 건 아니었지만 열강들은 음으로 양으로 신제품에 대한 불만을 드러내고 있었다.

본격적으로 갤럭시의 신제품들이 수출을 시작하면 대한민국의 세계적 위상은 하루가 다르게 변하게 될 것이다.

열강들은 대한민국이 자신들의 통제 범위에서 벗어나는 걸 결코 원하지 않는다.

그들에게 대한민국은 언제든지 컨트롤 가능한 속국 정도로 남아야 한다.

신냉전 시대의 서막이 열리고 있는 지금.

한반도는 경제 전쟁의 최전방 경계선이기 때문에 통제 가능한 상태가 지속되는 것이 그들에겐 가장 바람직한 일이었다.

제40장
Masked singer

"아이고, 김 대표님, 어서 오세요. 여기까지 직접 와주시고… 어쩐 일이십니까?"

JBC 사장 윤경종이 문으로 들어서는 김윤호를 맞이하며 너스레를 떨었다.

방송국의 사장실에 엔터테인먼트 대표가 찾아오는 경우는 거의 없다.

아니, 없는 게 아니라 못 들어온다.

방송사 사장은 엔터테인먼트 대표들에게 하늘 까마득한 곳에서 살아가는 신선이나 다름없으니 기획사 대표들은 국장만 만나도 황송해서 몸 둘 바를 모른다.

하지만 '창공'의 대표 김윤호만큼은 예외다.

모든 방송국이 그를 모시기 위해 애를 태웠는데, 김윤호는 안면이 있는 사장과 국장의 부탁으로 여러 번 방송에 출연한 적이 있었다.

물론 그의 입에서 나오는 건 대부분 이병웅에 관한 것들이었다.

방송사가 그를 극진히 모시는 건 이병웅의 근황과 콘서트에서 벌어진 일화들을 시청자들에게 알려주기 위함이었다.

"저번에 신세 진 것 때문에 왔습니다."

"신세요? 제가 뭐, 돈 빌려준 적 있습니까?"

김윤호의 말에 윤경종이 농담으로 반응했다.

정확하게 무슨 뜻인지 이해하지 못했지만 분위기를 해치지 않기 위해 농담으로 받아치는 노련함을 보여줬다.

"왜, 저번에 텐프로에서 술 마실 때……."

"아이고!"

뒤늦게 김윤호의 말뜻을 알아챈 윤경종의 입에서 비명이 터져 나왔다.

벌써 2달이나 지난 이야기였다.

그때 윤경종은 방송사 사장으로서 이병웅을 필두로 수많은 특급 스타들을 보유한 김윤호와 친분 유지를 위한 식사 자리를 마련한 적이 있었다.

물론, 텐프로는 식사 후 양념 삼아 끼워 넣은 이벤트에 불과했다.

술이 얼근하게 취했을 때 넋두리 겸 또는 절대 이루어질 수 없는 소망을 떠들었는데, 정확하게 기억나지 않았지만 한 번만이라도 이병웅을 출연시켜 달라는 것이었다.

"사장님, 잠깐만요. 일단 숨 좀 쉽시다. 갑자기 하늘에서 호박이 넝쿨째 떨어져서 정신 좀 차려야겠어요."

"하하하, 우리 사장님 엄살이 심하십니다."

"자, 이제 말씀해 보십시오. 두 귀를 말끔하게 청소하고 듣겠습니다."

"갓 보이스에게 제가 사정을 해서 겨우 허락을 얻어냈습니다. JBC에서 원하는 프로그램에 출연하는 걸로 했으니 준비하시면 될 겁니다."

"어떤 프로그램이라도 괜찮겠습니까?"

"가급적 노래하는 것으로 해주세요. 그 친구, 가만히 앉아서 토크 하는 건 좋아하지 않아요."

"정말이죠, 딴말하기 없습니다."

"대신, 출연료는 5억입니다. 사장님도 잘 알겠지만 우린 방송국에 출연해도 제값을 다 받거든요. 병웅은 그런 것에 철저한 사람입니다."

"돈이 문제겠습니까?"

"서운해하지 마십시오. 그 친구, 출연료를 받으면 고스란히
불쌍한 사람들에게 나눠줄 겁니다. 그러니, 좋은 일 한다고
생각하십시오."

"그럼요, 당연히 그래야죠."

＊　　　　＊　　　　＊

김윤호가 돌아가자 윤경종은 즉시 본부장들을 불러들였다.

워낙 닦달을 했기 때문인지 비서가 허둥댔는데, 본부장들
이 불려 온 건 불과 10분도 지나지 않았을 때였다.

방으로 들어온 사람은 셋.

제작본부장과 보도본부장, 그리고 편성본부장이었다.

"사장님, 급하게 찾으셔서 왔습니다. 그런데 무슨 일이십니
까?"

"일단 앉아. 심사숙고할 일이 생겼다."

윤경종이 먼저 회의용 탁자에 앉자 본부장들이 양쪽으로
나뉘어 포진했다.

본부장들을 바라보는 윤경종의 얼굴은 흥분으로 인해 잔
뜩 붉어진 상태였다.

"자네들, 세상에서 가장 섭외하기 힘든 사람이 누군 것

같아?"

"그거야, 당연히……."

제작본부장이 입을 열다가 멈췄다.

미국 대통령이란 말이 목구멍까지 차올랐으나 차마 뱉지 못하고 사장의 눈치를 봤다.

당연히 자신의 대답은 틀린 것이다.

미국 대통령이 정답이라면 사장이 저토록 흥분할 리가 없었다.

"사장님, 그냥 말씀해 주시죠. 무슨 일이 생긴 것 같은데요."

"방금 전, 창공의 김윤호 대표가 다녀갔다."

"헉, 설마. 사장님이 말씀하신 게 이병웅입니까?"

"맞아."

본부장들의 눈이 동시에 찢어질 듯 커졌다.

이제야 사장이 왜 그런 질문을 했는지 알 것 같았기 때문이었다.

세상에서 가장 섭외하기 어려운 사람의 정답이 이병웅이라면 할 말이 없다.

"김 대표는 나에게……."

사장이 그동안 있었던 일들을 설명해 주자 본부장들의 표정이 시시각각 변했다.

그리고 시간이 흐르자 그중 제작본부장의 표정은 다른 사람과 달리 점점 심각해졌다.

예상한 대로 사장의 질문은 그에게로 향했다.

"서 본부장, 이 일은 아무래도 자네 의견이 가장 중요한 것 같은데, 그 친구를 어디에 출연시키는 게 좋겠나?"

"이병웅이 출연하는 순간 그 프로그램은 전 세계적으로 유명해집니다. 그렇다면 우린 돈이 되는 쪽으로 일을 진행시켜야 된다고 생각합니다."

"돈이 되는 쪽?"

"최근 들어 외국 여러 나라들이 대한민국의 예능프로그램 포맷을 수입하고 싶어 합니다. 단순히 이병웅의 출연으로 유명해지는 것보다 외국 방송국에 포맷을 팔아먹을 수 있는 프로그램. 거기에 출연시켜야 됩니다."

"자네 생각은?"

"Masked singer가 가장 좋을 것 같습니다."

제작본부장이 단호하게 말을 하자 윤경종의 표정이 슬쩍 변했다.

'Masked singer'

가수는 물론이고 연기자나 개그맨, 심지어 운동선수까지 참여시켜 정체를 숨긴 채 노래 경연을 하는 프로그램이었다.

현재 대한민국에서 선풍적인 인기를 끌고 있는 프로그램으로, 3년 전부터 방송되었다.

"무슨 소릴 하는 거야. 그건 얼굴을 가리고 하는 거잖아. 이병웅을 어떻게 불렀는데 얼굴을 가려!"

"얼굴을 가렸다가 나타났을 때의 반응을 생각해 보십시오. 아마, 시청자들이 전부 나자빠질 겁니다."

"음, 막상 생각해 보니까 괜찮겠네. Masked singer는 미국에서 수입 타진이 있었지?"

"그렇습니다. 단가가 안 맞아서 보류해 놨지만 이병웅이 출연한다면 그들이 제시한 금액보다 최소 5배는 더 받을 수 있습니다."

"흐음."

당연한 판단이다.

이병웅은 전 세계에서 가장 유명한 스타 중의 스타였으니 미국 쪽에서 안달을 낼 게 분명했다.

빌보드 차트를 13번이나 석권한 가수는 인류 역사상 이병웅이 유일했고 그가 보유한 팬클럽만 1억 명이 넘는다.

그런 전설이 출연한다면 미국 놈들은 5배가 아니라 10배라도 지불하겠다며 사정을 할 것이고, 어쩌면 미국 외에도 여러 나라에서 서로 사겠다고 아우성을 부릴 것이다.

"하지만 서 본부장, 그건 경연이잖나. 이병웅의 노래는 천상의 목소리야. 계속해서 이기면 어쩔래? '창공' 쪽에선 단 하루만 출연하겠다고 했단 말일세."

"사장님, 제가 원하는 것도 그겁니다. 이병웅이 이긴다면 그는 우리프로그램에 계속 출연해야 됩니다. 제 말 무슨 뜻인지 모르겠습니까?"

"허어, 시청자들을 볼모로 잡자고?"

"아무리 이병웅이 방송 출연을 싫어해도 그런 상황에 몰리면 어쩔 수 없지 않을까요. 그 친구는 안 하면 모를까 한번 한다면 무슨 짓이라도 하잖아요."

"음… 자네들 생각은 어때?"

제작본부장의 제안을 들은 윤경종의 시선이 보도본부장과 편성본부장에게 돌렸다.

하지만 이미 그의 눈은 뭔가를 생각하는 듯 허공에 고정된 상태였다.

고 아니면 스톱.

자신의 결정 하나에 대한민국 국민은 뜻하지 않은 세계적 스타, 이병웅의 콘서트를 매주 볼 수 있게 될지도 모른다.

*　　　　　*　　　　　*

"Masked singer요? 그 가면 쓰고 노래하는 거 말이죠?"

"응, 어차피 나가기로 한 거니까 재밌게 놀다 와. 하루만 출연하는 걸로 했는데 1라운드는 듀엣으로 부르는 거라 연습 때문에 하루 더 필요하대. 그래서 돈은 따블로 받기로 하고 내가 오케이 했다. 문제없지?"

"재밌을 것 같은데 문제는 있겠네요."

"무슨 문제?"

"방송국 사람들이 날 그냥 둘까요. 분명 다른 생각을 할 텐데요."

"뭔 소리래. 방송국 놈들이 널 어째. 세계적인 스타를 가면 씌워놓고 설마 바보 만들겠어?"

"우리 사장님 여전히 순진하시네. 입장 바꿔 생각해 보세요. 그건 경연 프로그램이에요. 내가 이기면 자연스럽게 계속 출연해야 된단 말입니다."

"허억!"

김윤호가 두 눈을 반짝거리며 듣다가 이병웅의 말이 끝나자마자 비명 소리를 냈다.

그도 여우다.

방송국의 입장에서 생각해 보니 그럴 가능성이 농후했다.

천하의 이병웅이라 해도 국민들이 지켜보는데 출연하지 않을 도리가 없기 때문이다.

"어쩌지?"

"뭘 어째요. 사장님이 다시 가셔야지."

"가서?"

"사람들을 즐겁게 만들어 줄 테니 얄팍한 술수 같은 거 하지 말라고 전하세요."

"정말, 넌 머리도 좋다."

"내 머리 좋은 거 이제 아셨습니까?"

"얘는 칭찬을 하면 겸손 떨 줄을 몰라요."

"부를 곡은 내가 나중에 알려 드릴 테니 사장님은 출연료나 올리세요. 10억으로 내 노래를 듣는 건 욕심이죠."

"난 당최 무슨 소린지 모르겠네. 야, 간단하게 노래 부르는 건데 그 정도면 충분해. 방송국에서도 너를 위해 특별히 배려한 거야."

"내가 나가면 JBC 측에서는 Masked singer로 인해 막대한 수입을 창출할 수 있습니다. 아니, 어쩌면 방송 콘셉트까지 팔아먹을 수 있겠군요. 그런데, 그 정도 돈을 받고 출연한단 말입니까? 그건 우리가 손해 보는 장사예요."

김윤호의 입이 또다시 떡 벌어졌다.

정말 보면 볼수록 이병웅의 머리는 뭐로 만들었는지 뜯어 보고 싶은 심정이다.

"우… 네가 기획사 사장 하면 우린 돈 엄청 벌겠다. 난 왜 거기까지 생각 못 했을까?"

"최대한 많이 뜯어내세요. 청송 쪽에 고아원 건물을 신축하기로 해서 돈 많이 필요합니다."

"걱정하지 마라. 사업가는 견적이 나오는 순간 협상이 달라지는 거야. 애들 시켜서 견적 뽑고 내가 무조건 이익의 30%는 받아낼 테니까 그 돈으로 고아원 애들 최고급 침대 사줘."

"내가 바라는 게 바로 그거예요."

$$*\qquad\qquad*\qquad\qquad*$$

이병웅은 방송사에서 준비해 놓은 연습실의 계단을 천천히 내려갔다.

차에서 복면을 썼는데, 그의 가면은 늑대였다.

복면을 쓰고 연습실로 들어가자 늘씬한 몸매의 여자가 대기실에서 기다리고 있는 게 보였다.

여자의 얼굴을 가린 복면에는 여우가 그려져 있었다.

역시 방송국답다.

늑대와 여우란 타이틀을 달아 시청자가 쉽게 접근할 수 있도록 만들려는 속셈이다.

"늦어서 죄송합니다."

"어머, 아니에요. 저도 금방 왔는걸요."

그가 들어오는 걸 멍하니 지켜보던 여자가 깜짝 놀라며 손을 흔들었다.

그녀는 완벽한 몸매의 남자가 다가오자 자신도 모르게 자리에서 벌떡 일어났는데, 꽤나 놀란 눈치였다.

여우 가면을 쓴 그녀는 현재 인기를 얻고 있는 걸 그룹 '파라오'의 리드싱어 이여정이었다.

두 사람이 인사하는 순간 옆에서 머리를 빡빡 민 곰 같은 사내가 걸어왔다.

"안녕하세요. 저는 Masked singer 편곡을 담당하고 있는 정기철입니다. 두 분의 노래 연습을 도와드릴 거니까 따라오세요."

"잘 부탁드립니다."

"Masked singer는 여러 번 보셨죠?"

"네, 봤습니다."

늑대와 여우가 순순히 대답하자 정기철의 표정이 환해졌다.

가끔 가다 톱스타나 나이 든 사람들은 불퉁거리며 애를 먹였는데 이 둘은 말을 고분고분 듣는 걸 보니 신인인 게 분명했다.

"첫 곡은 경쟁곡이니까 같이 연습해야 돼요. 두 번째와 세 번째 곡은 솔로 곡이라서 혼자 하시면 되고요. 제 역할은 경쟁 곡까지니까 나머지 곡들은 편곡 완성되는 즉시 저한테 보내주시면 됩니다."

"경쟁 곡은 뭐죠?"

"안으로 들어가시면 알려 드릴게요."

정기철이 빙긋 웃으며 먼저 연습실로 걸어가자 두 사람이 그 뒤를 따랐다.

연습실 안에는 두 명의 기타리스트와 드럼, 건반을 맡은 연주자들이 대기하고 있었는데, 이 일에 이골이 났는지 늑대와 여우가 인사를 해도 고개만 까딱한 후 자기 볼일을 보느라 바빴다.

정기철의 입이 다시 열린 것은 연주자들이 자리를 잡고 준비를 마친 후였다.

"두 분의 경쟁 곡은 김창완 씨 원곡의 청춘입니다. 하지만 이번에 부르는 건 김혁이 편곡해서 부른 거예요. 아시죠?"

"…저는 알아요."

그의 질문에 이병웅의 눈치를 보던 이여정이 대답을 했다.

'청춘'은 최근에 김혁이 리바이벌해서 인기를 얻고 있었는데, 원곡과 상당 부분이 달랐다.

"일단 들어보겠습니다. 어떤 노랜지 들어보면 알 수도 있을 것 같네요."

"그럼 일단 음악을 들려 드리고 시작할게요. 여기 악보 먼저 받으시고 헤드폰을 끼세요."

정기철이 손에 들고 있던 악보를 전해주고 전면에 있는 헤드폰을 가리켰다.

이병웅은 그가 준 악보를 받아 든 후 헤드폰을 들어 올려 귀에 올렸다.

조금 있다가 음악이 흘러나오자 그의 얼굴에서 작은 미소가 배어 나왔다.

원곡과 상당한 차이가 있지만 충분히 부를 수 있을 것 같았다.

"늑대 님, 괜찮겠어요?"

"예, 조금만 연습하면 따라 부를 수 있을 것 같습니다."

"그럼 됐네요. 다시 말씀드리지만 저는 경쟁 곡만 담당합니다. 나머지는 메인 MC의 진행에 따라 행동하시면 될 거에요. 자, 그럼 연습 들어가겠습니다."

이병웅은 이여정의 노래 실력을 들은 후 감탄을 했다.

이 정도의 노래 실력이라면 토끼는 가수일 가능성이 무척 컸다.

그녀의 노래에 맞춰 나누어진 파트를 소화했다.

몇 번 노래를 부르자 감정이 스르륵 차오르기 시작했다.

청춘은 그런 노래다.

잔잔한 리듬으로 진행되지만 인생의 깊이가 마디마디 적절하게 담겨 있는 노래.

잠시 휴식 시간에 정기철이 반주팀 쪽으로 가서 뭔가 이야기를 할 때 이여정은 감탄을 숨기지 못한 채 이병웅을 바라보고 있었다.

"저기 늑대 님, 가수 맞으시죠?"

"그건 비밀로 하라고 했잖아요. 정체가 탄로 나면 큰일 난다고 말하지 말랬어요."

"우리끼린데 뭐 어때요. 그러지 말고 가르쳐 주세요."

"하하하……."

이병웅이 유쾌하게 웃었다.

여우의 행동으로 봤을 때 아직 어린 여자임이 분명했다.

쭉 빠진 몸매, 말투, 그리고 행동을 종합해 봤을 때 이 여자는 걸 그룹 멤버일 가능성이 컸다.

그랬기에 이병웅은 그녀를 향해 불쑥 입을 열었다.

"걸 그룹 멤버죠? 그룹 이름이 뭐예요?"

"파라오… 헉, 그걸 어떻게 아셨어요? 어머, 비밀로 하라고 했는데 큰일 났네."

"이름은 물어보지 않았으니까 괜찮아요."

"제 정체를 알았으니까 늑대 님도 가르쳐 줘요. 아, 궁금해서 미치겠어요."

"안 돼요. 가르쳐 주면 여우 님은 출연하지 못할 겁니다."

"히잉, 너무해요. 그럼 왜 떨어지려고 하는 거죠? 늑대 님 실력이면 충분히 2라운드에 올라갈 수 있는데 왜 그러는 거예요?"

그녀도 이미 눈치를 챈 모양이다.

대충 부르는 건 같았음에도 결정적인 순간에서 우러나오는 감정의 폭풍은 전율이 일어날 만큼 특별했기 때문이었다.

그럼에도 가창력을 살릴 수 있는 부분을 그녀에게 거의 다 양보했기 때문에 이번 경연은 그녀가 이길 가능성이 농후했다.

'Masked singer'는 복면을 쓴 스타들의 노래 경연이다.

연예인으로 구성된 판정단과 관객들이 출연자들의 노래를 듣고 누가 더 잘했는지 판정해서 다음 라운드에 진출하게 되는데, 그 주의 우승자가 가왕과 한판 승부를 벌이는 시스템이었다.

'Masked singer'가 인기를 얻게 된 것은 오로지 노래 실력으로 평가받는다는 특성 덕분도 있었지만, 목소리로 출연자의 정체를 알아맞히는 즐거움이 함께하기 때문이었다.

이병웅이 'Masked singer'의 스튜디오에 나타나자 담당 PD인 윤학길이 총알같이 뛰어왔다.

오늘 이병웅의 출연은 극비였기에 오로지 이 스튜디오에서 그만 알고 있었다.

"늑대 님, 어서 오세요. 마지막 순서가 늑대 님이니까 잠시 쉬고 계시면 됩니다."

자리에 안내해 준 윤학길의 얼굴이 벌겋게 달아올랐다.

이병웅이 고맙다는 인사를 하고 조용히 자리에 가서 앉는 걸 보면서 그는 어쩔 줄 모르는 사람처럼 허둥댔다.

그 모습은 본 AD 조성찬이 이상하단 표정을 지으며 다가왔다.

"왜 그러세요?"

"뭐가?"

"저 사람 누군데 PD님이 벌벌 떠는 겁니까? 유명한 사람이에요?"

"넌 몰라도 돼."

"몰라도 되다니요. 출연자는 내가 다 섭외했는데 저 사람만 아니라고요. 이거 혹시 위에서 떨어진 낙하산 아닙니까?"

"그런 거 아냐. 야, 나 바쁘니까 얼른 가서 네 할 일이나 해."

윤학길이 의심스러운 눈초리로 바라보는 조성찬을 내쫓고 이병웅과 조금 떨어진 곳에서 출연자들의 리허설을 지켜봤다.

오늘 녹화는 3시부터 시작되는데 그 전까지 출연자들은 3회전까지의 연습을 전부 끝내야 된다.

어려운 점은 없다.

이미 출연자들은 전부 자신들의 곡을 충분히 연습해 왔기 때문에 밴드와 합만 맞춰보는 정도다.

윤학길의 눈은 무대에서 고정되어 있었으나 수시로 이병웅

쪽을 향했다.

그냥 같은 공간에 있는 것만으로도 가슴이 뛰어 주체하기 어려웠다.

도대체 윗선에서는 어떻게 이병웅을 섭외할 수 있었던 걸까.

당장이라도 복면을 벗겨서 확인하고 싶은 마음을 간신히 참으며 그는 출연자의 실수로 마이크가 넘어진 무대를 향해 급히 걸음을 옮겼다.

*　　　　*　　　　*

"안 떨려요?"

"떨리세요?"

먼저 와 기다리고 있던 이여정이 다른 팀의 리허설을 보면서 슬쩍 물어왔다.

그녀는 이병웅이 자리에 앉자 반가움을 나타냈는데, 걸 그룹 리드싱어답게 당찬 면이 많았다.

"저야 무대를 많이 서봤으니까 괜찮은데, 늑대 님이 걱정이죠. 가수 같기도 하고 배우 같기도 하고… 도대체 직업이 뭐예요?"

"호기심이 많네요. 이제 갑시다, 우리 차례예요."

이병웅이 먼저 일어서자 이여정이 입술을 삐죽이며 따라붙었다.

그녀는 여전히 정체를 가르쳐 주지 않는 이병웅의 행동이 마음에 들지 않았다.

뭔가 근사한 냄새를 풍기는 남자.

목소리로 봤을 때 그녀보다 나이가 훨씬 많다는 걸 느꼈지만 이상하게 그의 몸 전체에서는 사람을 황홀하게 만드는 냄새가 흘러나오는 것 같았다.

마음 같아서는 그의 몸에 코를 댄 채 맡고 싶었으나 차마 그럴 수는 없기에 이여정은 바짝 뒤를 쫓으며 그의 등을 향해 코를 킁킁댔다.

그러자 정신을 몽롱하게 만드는 냄새가 맡아졌다.

상상이 아니라, 정말로 늑대에게서는 정체를 알 수 없는 몽환적인 냄새가 나고 있었던 것이다.

＊　　　＊　　　＊

"오늘 출연자들은 다른 때에 비해서 화려하네. 우와, 주상철하고 이미려가 나왔구먼. 오늘 재밌겠는데?"

"이 사람아, 왜 남의 진행 노트를 훔쳐보고 그래. 판정단이 그런 짓 하면 어떡해?"

"쳇, 아무리 숨겨도 내 귀는 원더우먼 저리 가라 할 정도로 뛰어나서 다 알아맞혀. 더군다나 난 패널들 대빵이잖아."

"으이구, 이 화상아."

메인 MC 황정수가 주먹을 번쩍 들자 패널 MC를 맡고 있는 김구혁이 실실 웃으며 그의 주먹을 막았다.

둘은 친구 사이라 프로그램 진행전에는 항상 붙어 있었는데, 김구혁은 가끔 가다 지금처럼 황정수의 진행 노트를 훔쳐보곤 했다.

"주상철과 이미려라, 흥미진진하겠어. 둘은 가창력이라면 알아주는 가수들이잖아. 오늘 대박인데. 누가 올라갈지 모르지만 가왕인 빅진양과 붙으면 볼만하겠다."

"그런데 이건 뭔지 모르겠네. 얜 왜 누군지 안 나와 있을까?"

"늑대 아저씨?"

"어, 얘는 누군지 안 적혀 있잖아."

"빼먹었나 보지."

"요즘 윤 PD가 정신없나 봐. 물어봐야겠다. 실수하면 안 되니까."

"그럼 수고해. 난 이제 패널석으로 갈게. 끝나고 한잔 콜?"

"녹화 끝나면 10시야. 집에 가야지."

"이 자식아, 지금 마누라 있다고 자랑하는 거냐. 원 홀아비

서러워서서 살겠나. 알았다, 알았어. 집에 가서 마누라 엉덩이나
실컷 만져."

"미친놈. 마누라가 샤워만 해도 머리카락이 쭈뼛 서는데 엉
덩이는 왜 만져!"

"하긴, 그렇지. 너도 조금 있으면 50살인데 그럴 때도 됐어.
흐흐… 그런데 난 말이야, 가끔 가다 패널들 중에서 예쁜 애
들이 나오면 서기도 해. 슬쩍슬쩍 부딪칠 때마다 소름이 쫙
끼치면서 이놈이 반응을 보인다니까."

"어이구, 좋기도 하겠다."

"난 간다. 오늘은 패널로 윤지혜가 나와서 자리 배치를 내
옆에 해놔야 해. 그냥 두면 엉뚱한 놈이 턱 앉을 수도 있거든.
윤지혜 옆에서 아직도 내가 남자라는 걸 느낄 거야. 아, 생각
만 해도 기분 좋은걸."

"조심해, 이 자식아. 성추행으로 고소당하지 말고!"

황정수가 소리를 빽 지르자 걱정 말라는 듯 김구혁이 손을
흔들며 패널석으로 향했다.

이제 녹화 시간이 다 됐기 때문에 패널들이 들어왔고, 그중
에는 김구혁이 말한 윤지혜도 포함되어 있었다.

멀리서 봐도 예쁘다.

그녀의 모습에는 후광이 비치고 있었는데 마치 무지개처럼
영롱한 빛깔을 뿜어내고 있었다.

　　　　*　　　　　*　　　　　*

"윤 PD, 나 좀 봐. 얜 누군데 이름이 빠졌어?"

"이름이 빠져? 늑대?"

"응."

"나도 몰라. 윗선에서 심은 앤데 정체를 알려고 하지 말래."

"지금 장난해?"

"자꾸 캐묻지 마. 나도 정말 모른다니까!"

"우와, 이런 개나발 같은 일이 있나. 야, MC가 출연자가 누군지도 모르고 진행한단 말이야?"

"왜 나한테 성질을 내. 윗선에서 꽂은 애를 나보고 어떡하라고. 그냥 대충 진행해. 너 그런 거 잘하잖아."

"냄새가 나네. 뭐냐, 이게 뭐 하는 짓이야?"

"제발 나 좀 살려줘라. 더 이상 묻지 말고 그냥 하던 대로 해. 우리 프로그램 포맷이 원래 정체를 모르고 하는 거니까 하던 대로만 진행해 줘. 빨리 올라가, 녹화 시작해야 돼."

황정수의 질문에 윤학길은 끝까지 모른다고 잡아뗐다.

이것도 국장과의 긴 회의에서 결정된 내용이었다.

이번 프로그램을 제작하면서 수많은 복선을 깔아놨는데, 메인MC조차 이병웅의 정체가 드러났을 때 정신을 못 차리게 만드는 것도 그중 하나였다.

*　　　　*　　　　*

"선배님, 잘 부탁드려요."

"응, 그냥 재밌게 즐기면 돼. 여긴 노래 잘하는 사람들만 나오니까 웃고 박수 치면서 멘트 할 것들만 준비하면 아무 문제 없을 거야."

"정말 그것만 하면 되나요?"

"다른 건 내가 중간중간 도와줄 테니까 걱정 마. 지혜 씨를 돋보이게 만드는 건 어려운 게 아니야. 워낙 지혜 씨가 예뻐서 그냥 앉아만 있어도 시청자들이 좋아 죽을걸?"

"호호… 고마워요."

윤지혜는 요즘 한창 떠오르고 있는 주말드라마 '태양의 노래'의 여자 주인공이었다.

워낙 인기 있는 드라마였는데 거기서 윤지혜는 의사로 나와 매력적인 캐릭터를 연기하고 있었다.

새롭게 떠오르고 있는 남자들의 로망.

완벽한 몸매에 이기적인 얼굴의 소유자였고 왠지 모를 섹시미도 뿜어내는 여자였다.

오죽하면 그녀를 보고 연예기자들이 마돈나라고 부를까.

그녀가 패널석에 앉았을 때 모든 남자 패널들이 벌떡 일어나 마중한 것도 그런 이유였다.

그녀는 보는 것만으로도 황홀함을 느끼게 만드는 유혹 그 자체였다.

드디어 1라운드가 시작되고 차례대로 출연자가 나와 경연을 펼쳤다.

김구혁의 말대로 출연자들은 저마다의 음색과 실력으로 춤추며 노래했는데, 특히 첫 번째로 나왔던 찐빵 소년과 세 번째로 나온 하이디의 노래 실력이 출중했다.

윤지혜는 자신에게 기회가 주어질 때마다 최대한 감탄했다는 표정을 지으며 출연자들을 추켜세웠다.

자신의 이미지를 극대화하기 위해 행동과 말투를 조심했는데, 그런 와중에도 가끔씩 그녀의 매력이 어필될 수 있도록 목소리 톤을 높이곤 했다.

김구혁에게는 순진한 소녀인 척했지만 어려서부터 배우 생활을 하다 보니 산전수전 공중전까지 전부 겪어 이런 행사 정도는 그녀에게 아무것도 아니었다.

드디어 마지막 라운드.

양쪽에서 사람들이 걸어 나오는 순간 윤지혜의 시선이 오른쪽에서 나온 늑대에 고정되었다.

남자의 몸은 완벽했고, 걸어 나오는 포스가 장난이 아니었기 때문이었다.

여자의 몸매도 감탄이 나올 정도로 훌륭했지만 그녀의 눈은 오직 늑대 아저씨에게서 떨어지지 않았다.

그건 다른 여자 패널들도 마찬가지였고, 관객석에서도 여자들의 감탄 소리가 스스럼없이 새어 나오는 중이었다.

"마지막 무대, 출연자는 늑대와 여우입니다. 여러분, 두 분의 노래를 즐겨주시기 바랍니다."

황정수가 소개를 끝내고 들어가자 늑대와 여우가 마이크를 잡고 좌우로 나뉘어 섰다.

반주로 나온 노래는 그녀가 너무나 좋아하는 김혁의 '청춘'이란 노래였다.

여우 소녀가 먼저 노래를 시작하자 관객석이 순식간에 정적으로 젖어 들어갔다.

그녀의 음색은 독특한 매력이 있어 금방 관객들을 노래의 감정 속으로 빨려들게 만들었다.

"노래 정말 잘하네요. 가수겠죠?"

"척 봐도 가수야. 몸매를 보니까 걸 그룹이나 신인 가수겠어."

윤지혜의 질문에 김구혁이 당연하다는 듯 대답했다.

그만큼 이여정의 노래 솜씨가 훌륭했기 때문이었다.

"하지만 마지막 라운드까지 못 갈 거야."

"어머, 왜요?"

"첫 번째 나온 찐빵 소년과 세 번째 나온 하이디 봤지? 걔들이 제대로 실력 발휘를 안 했거든. 반면에 쟤는 처음부터 최선을 다하는 거고.'

"우와, 그걸 어떻게 알아요? 정말 대단하세요."

"'Masked singer' 패널 MC만 3년째야. 척 보면 알지."

김구혁이 어깨를 으쓱하며 잘난 체를 하자 윤지혜가 재밌다는 듯 깔깔 웃었다.

개그맨 출신인 김구혁은 얼굴만 봐도 웃음이 나올 정도였는데, 하는 행동은 뽀빠이와 비슷했다.

그때 여우 소녀의 파트가 끝나고 늑대 아저씨가 노래를 부르기 시작했다.

나지막한 목소리.

여우 소녀가 부른 옥타브보다 세 음이나 낮은 저음이었는데 이상하게 노래가 흔들리는 것처럼 느껴졌다.

"저 사람은 가수 아닌가 봐요. 왠지 음정, 박자가 조금씩 틀리는 것 같아요."

"잘 봤네. 목소리는 좋은데 노래 솜씨는 형편없어. 그런데… 이상해. 뭔가 찜찜한데?"

"왜요?"

"묘하게 사람을 잡아끄는 매력이 있잖아. 그렇게 안 들려?"

"아… 그러네요. 이상하네. 들을수록 자꾸 슬퍼져요. 저는 청춘을 좋아해서 하루에도 몇 번씩 듣는데 김혁 씨가 부르는 것과 다른 느낌이에요. 뭔가 자기의 인생을 노래하고 있다는 느낌?"

"젊은 친구는 아닌 것 같아. 음정, 박자는 자꾸 놓치는데 노래에 감정이 실려 있어. 노래가 주는 감동이 장난 아니야."

윤지혜의 말을 들으며 김구혁이 자꾸 고개를 외로 꼬았다.

아무리 들어도 이상하다.

눈에 띌 정도로 어색함이 묻어났고 박자와 음성이 수시로 흔들렸음에도 들으면 들을수록 그가 전해주는 슬픔이 가슴을 파고들었기 때문이었다.

그건 자신만의 느낌이 아닌 것 같았다.

관객석에서 노래를 듣던 사람들의 태도만 봐도 알 수 있다.

시작하자마자 늦게 출발했고 음성과 박자가 엇갈리는 걸 보며 잠시 웃음이 새어 나왔으나 관객들은 곧 늑대 아저씨의 노래에 푹 빠져 버렸던 것이다.

그때, 늑대 아저씨가 가사를 잊어버렸는지 우물거리는 게 보였다.

"어머, 어떡해. 가사를 잊었나 봐요."

"어이구, 여러 가지 하시네. 그래도 다행이야. 여우가 금방 받아넘겼잖아."

"호호… 저 당황하는 모습을 봐요. 저 사람 오늘 집에 가면 잠 못 자겠다."

"그렇지. 텔레비전에서 엉망인 모습을 보여줬으니 오죽하겠어. 하여간 방송국도 대단해요. 웬만하면 녹화를 다시 하면 좋을 텐데 그놈의 시청률이 뭐라고."

김구혁이 혀를 차자 윤지혜가 수긍한다는 듯 고개를 끄덕였다.

노래를 못하는 놈은 저렇게 해서라도 시청률을 올려줘야 한다.

담당 PD가 다시 녹화를 진행하지 않은 것은 날것 그대로의 모습을 내보내 시청자들에게 현장감을 고스란히 전해주려는 의도가 분명했다.

김윤호는 무대 밖에서 노래를 들으며 한숨을 푹푹 내리쉬었다.

저놈은 진짜 바늘로 찔러도 피가 안 나올 것 같다.

미리 짜놓은 각본이었지만 그래도 저 정도로 엉망을 만들 줄은 생각하지 못했다.

가수란.

노래를 부르는 순간, 자신도 모르게 저절로 몸이 반응하기 마련이다.

음치가 음정과 박자를 틀리는 것 이상, 가수가 음정과 박자를 틀리게 만드는 것도 힘들다.

더군다나 이병웅은 세상이 전부 인정할 정도로 천하제일의 가창력을 지닌 사람이었으니 웬만한 독심이 아니라면 저런 짓을 할 리 없었다.

"환장하겠네, 아주 죽여놓는구먼. 두영아, 너도 저런 모습 처음보지?"

"전 좋은데요."

"뭐라고?"

"병웅 형님 노래는 어떻게 불러도 가슴을 적시는 뭔가가 있어요. 이번 노래도 전 그렇게 들었어요."

"참 나, 누가 비서실장 아니랄까 봐."

김윤호가 어이없다는 듯 정두영을 째려본 후 무대로 고개를 돌렸다.

정두영은 오래전부터 매니저가 아니라 비서실장이라 불리고 있었다.

"MC도 모르게 했다던데 어떻게 될지 모르겠네. 황정수 저놈은 출연자들 당황하게 만드는 걸로 유명하거든."

"걱정하지 마십시오. 병웅 형님은 아무거나 시켜도 잘 해낼 겁니다."

"야, 너 저리 가. 무슨 말만 하면 병웅이 편을 들어, 이 자식아. 월급은 내가 주는데 한 번도 내 편을 안 드냐. 너 사장을 너무 우습게 보는 거 아냐?"

"하하… 사장님이 저 괴롭히면 사표 쓰라고 했습니다. 정말, 비서실장으로 특채한다고 했어요."

"병웅이가?"

"예."

"웃겨. 아무리 지가 웬만한 기업 찜 쪄 먹어도 비서실장이 뭐냐, 직원도 없는 주제에. 안 그래?"

"맞습니다."

김윤호가 눈을 부라리는 걸 보며 정두영이 빙그레 웃었다.

그는 때려 죽여도 모를 것이다.

세계를 주름잡으며 수십만 명이 근무하는 이지스그룹과 갤럭시그룹이 바로 이병웅의 소유라는 걸 말이다.

드디어 무사히 노래가 끝나고 두 사람을 무대 가운데 모은 황정수가 인터뷰를 시작했다.

'Masked singer'의 또 다른 특징은 1라운드 무대를 끝낸 출연자들과 인터뷰를 하면서 장기 자랑을 시킨다는 것이었다.

황정수는 먼저 이여정과 인터뷰를 한 후 그녀가 무대를 휘젓는 춤을 추게 만들었다.

경쾌한 음악에 맞춘 현란한 춤.

걸 그룹 리드싱어답게 그녀는 관객들의 입에서 탄성이 새어

나올 만큼 격정적인 춤을 선보였다.

황정수가 멀뚱거리며 서 있던 이병웅에게 다가온 건 이여정이 가쁜 숨을 몰아쉬며 중간으로 되돌아왔을 때였다.

"늑대 님, 아주 키가 늘씬하고 몸매가 좋네요. 혹시 이런 데막 걷고 그런 직업입니까?"

"아닙니다."

황정수가 무대의 중간에 나 있는 긴 줄을 가리키며 묻자 이병웅이 웃으며 대답했다.

그가 물은 건 모델이 직업이냐는 것이었다.

"아까 노래 부를 때 박자가 조금씩 틀리던데 가수는 아니죠?"

"가수 맞는데요."

"푸크크크, 에끼, 이 양반아. 당신이 가수면 나도 가수 하게. 여러분, 안 그렇습니까?"

황정수의 질문에 패널과 관객석에서 폭소가 터져 나왔다.

그들도 이병웅이 절대 가수가 아니라고 생각했기 때문이었다.

그때, 호흡을 겨우 고른 이여정이 불쑥 나섰다.

"MC님, 늑대 님은 가수일지 몰라요."

"무슨 소립니까?"

"제가 같이 노래 연습을 했었잖아요. 그땐 정말 잘 불렀어요. 오늘보다 감정선도 훨씬 훌륭했고 음정 박자도 완벽했어요."

"그럼 오늘은 무대에 서니까 떨려서 그랬단 거예요?"

"그건 저도 모르죠."

"어이구, 이 아가씨 목소리에서 꿀이 뚝뚝 흐르네. 여우 님, 혹시 늑대 님 얼굴 본 적 있어요?"

"아뇨, 없는데요."

"얼굴도 못 봤으면서 그런 소리 하는 거 아닙니다. 저쪽으로 가 있어요. 난 늑대 님 신상 터느라 바쁘니까."

"넹."

황정수의 장난 멘트에 이여정이 냉큼 옆으로 비켜서자 이병웅에 대한 본격적인 인터뷰가 시작되었다.

"이봐요, 음정 박자 습관적으로 틀리시는 분. 오늘 어쩌면 최대 득표 차로 탈락할 수 있다는 거 알아요?"

"그러면 안 되는데요."

"왜 안 되는데요?"

"저희 부모님이 아시면 혼나거든요. 아들이 노래 잘하는 줄 아시는데 득표 차가 많이 나서 떨어지면 얼마나 실망이 크시겠어요."

"하아, 그러길래 노래 연습 좀 열심히 하고 나오지 그랬어요!"

"죄송합니다."

"그건 좋고. 이왕 나왔으니 장기 자랑 해보세요. 뭐 잘하는
거 있어요?"

"기차 소리를 잘 냅니다."

"기차? 칙칙폭폭, 기차?"

"그렇습니다."

"아, 이거 웬지 불안한데. 어쨌든 한번 들어봅시다."

황정수가 슬쩍 비켜주자 이병웅이 마이크를 입에 대고 열심
히 기차 소리를 냈다.

하지만 기차 소리와는 전혀 동떨어진 소리에 관객들의 분위
기가 어색하게 가라앉았다.

웬만하면 호응을 해줬을 텐데 너무 형편없었기 때문이었
다.

"그게 기차 소리예요?"

"예."

"와아, 미치겠네. 아, 방송에서 이런 말 하면 안 되는데. 시
청자 여러분, 죄송합니다. 이 사람이 너무 당황시키는 바람
에… 좋습니다, 기회를 한 번 더 드리겠습니다. 이번에 뭘 해
보시겠습니까?"

"오리 흉내를 내보겠습니다."

"이것도 불안해. 아무래도 괜히 시키는 것 같아. 정말 자신

있어요?"

"예, 이번에는 자신 있습니다."

"그럼 해보세요."

황정수가 전혀 기대하지 않는다는 표정으로 시큰둥하게 말하자 이병웅이 열심히 마이크를 입에 대고 오리 흉내를 냈다.

기차 소리보단 조금 괜찮았으나 유치원생이 꽥꽥거리는 수준밖에 되지 않았다.

다시 한번 관객들이 양어깨를 붙잡고 문질러 대자 황정수가 두 눈을 부라리며 이병웅을 향해 소리를 쳤다.

"장기 자랑을 하랬더니 관객들 울리고 있어. 이야, 이 양반 연예프로그램에 나가면 시청률 박살 낼 사람일세. 관객 여러분, 이거 제가 다 죄송합니다. 늑대! 당신 저쪽으로 가서 두 팔 들고 서 있어요."

역시 노련하다.

이병웅의 말도 안 되는 장기 자랑으로 가라앉은 분위기를 황정수는 유머와 재치로 훌륭하게 넘겼다.

"자, 그럼 1라운드 마지막 조의 결과를 알아보겠습니다. 뭐 사실 결과는 보나 마나일 텐데요. 그래도 절차라는 게 있으니까 확인은 해보겠습니다. 자, 결과 보여주세요!"

황정수가 전광판을 가리키자 숫자가 빠르게 돌아가다가 천천히 멈췄다.

가장 놀란 사람은 MC인 황정수였다.

말도 안 되는 숫자.

늑대와 여우의 경연에서 나온 득표 차는 겨우 5표 차이였다.

숫자를 확인한 황정수가 이병웅의 옆으로 슬금슬금 다가가더니 옆구리를 쿡쿡 찔렀다.

"늑대 님, 당신 여기 들어오기 전에 관객들한테 미리 찍어달라고 부탁했죠? 솔직히 말해보세요. 혼 안 낼게."

"하하… 정말 5표밖에 차이가 안 났어요? 오늘 집에 가면 혼 안 나겠는데요."

"이 양반, 좋단다. 정말 정체가 궁금한 사람입니다. 노래도 못해, 장기 자랑도 없어. 말주변도 없고… 여긴 어떻게 나온 건지 모르겠네. 좋습니다. 일단, 늑대 아저씨의 노래를 들으면서 정체를 확인해 보겠습니다. 준비되었습니까, 늑대 님?"

"예."

"그럼 무대 준비해 주십시오. 여러분, 늑대 님의 단독 노래를 들어보겠습니다. 이번에는 음정 박자를 잘 맞출 수 있도록 우리 박수를 쳐주는 게 어떻습니까?"

"와아!"

*   *   *

윤지혜는 자신도 모르게 웃으며 무대에서 시선을 떼지 못했다.

황정수와 늑대 아저씨가 하는 짓이 한 편의 코미디를 보는 것처럼 재밌었기 때문이었다.

"선배님, 저 사람 정체는 뭘까요?"

"글쎄, 가수는 아닌 것 같고. 말주변이나 장기 자랑도 변변치 않은 걸 보면 개그맨, 배우도 아냐. 그렇다면 스포츠 쪽 스타가 아닐까?"

"아, 생각해 보니 그럴 수도 있겠네요. 몸매가 예술인거 보면 선배님 말대로 스포츠 스타겠어요."

김구혁의 추측을 들은 윤지혜가 손뼉을 치면서 동의를 했다.

그녀도 혹시 야구나 축구 쪽의 스타가 아닐까 하는 생각을 했었기 때문이었다.

그때, 장기 자랑이 끝나며 황정수의 멘트에 따라 늑대 아저씨가 뒤쪽으로 물러나 무대의 중앙에 서는 게 보였다.

그런데, 뭔가 이상했다.

뒤쪽에서 대기하고 있던 스태프들이 급하게 의자와 기타를 세팅하고 있었던 것이다.

그녀도 자주 보던 광경.

텔레비전 나이트쇼의 라이브 무대에서 가끔 가다 저런 모습을 보곤 했으니 전혀 낯선 장면은 아니었다.

그럼에도 윤지혜는 고개를 갸웃거릴 수밖에 없었다.

음정, 박자도 못 맞추는 사람이 기타를 치면서 노래를 부를 줄은 꿈에도 상상하지 못했기 때문이었다.

"선배님, 저 사람 지금 기타 치면서 노래하려는 거 맞죠?"

"그런 것 같네. 햐아… 오늘 별별 코미디를 다 볼 것 같은데?"

"무슨 소리세요?"

"봤잖아, 저 친구 장기 자랑 하는 거. 아마, 이번 노래도 그 정도 수준 아니겠어?"

"하아……."

"정체를 전혀 모른다더니, 물건을 데려왔네. 하여간 PD들은 머리가 좋아."

방송을 오래 해본 사람이라 그런지 감각이 확실히 남달랐다.

그녀는 거기까지 생각한 건 아닌데 김구혁은 방송의 생리를 너무 잘 알았기에 늑대 아저씨가 이번 회차의 감초라 생각하는 것 같았다.

이병웅은 황정수의 농담과 관객들의 유쾌한 반응을 보면서 천천히 뒤로 물러나 스태프가 준비한 의자에 앉았다.

그런 후 기타를 든 채 천천히 입을 열었다.

"여러분, 만나서 반갑습니다. 반주 없이 기타를 치며 노래할 테니 즐겁게 들어주시기 바랍니다. 노래의 제목은 '이별의 시'

입니다."

의자에 앉은 늑대 아저씨가 먼저 곡을 소개하자 관객들 속
에서 소란이 일어났다.

'이별의 시'는 그 슬픈 서정성으로 전 세계인을 울렸던 이병
웅의 첫 곡이자 대표곡이었기 때문이었다.

소란의 이유는 간단했다.

음정 박자조차 제대로 맞추지 못하는 늑대 아저씨가 그들
이 가장 좋아하고 사랑하는 이병웅의 노래를 망칠 것이라는
불안감 때문이었다.

*   *   *

꿀깍.

무대의 중앙에 늑대 아저씨가 앉는 순간부터 윤지혜는 이
상하게 긴장감을 느꼈다.

왠지 모를 익숙함과 편안함, 그리고 그에게서 흘러나오는
분위기는 패널과 관객을 자연스럽게 콘서트의 일부분이 되도
록 만들었다.

늑대 아저씨의 입에서 '이별의 시'를 부르겠다는 말이 나왔
을 때 관객석에서 어이없다는 반응들이 마구 흘러나왔다.

가장 사랑하는 가수의 노래를 늑대 아저씨 같은 실력을 가

진 사람이 부른다는 것에 대한 반감의 표시임이 분명했다.

그녀 역시 이건 아니란 생각이 들었다.

늑대 아저씨가 무대에 나오는 순간부터 호기심이 들었지만 막상 이런 순간이 찾아오자 살짝 당황스러움이 찾아왔다.

그녀도 관객들도 전부 웅성거림을 멈춘 건 그가 기타의 현을 훑기 시작하면서부터였다.

'허억, 뭐야, 저 사람.'

완벽한 기타의 선율.

윤지혜는 그가 들려주는 기타의 향연을 들으며 몸을 움츠리고 말았다.

이병웅의 노래를 사랑했기에 '이별의 시'를 들은 건 수만 번도 넘었을 것이다.

똑같다.

아니, 라이브로 들었기 때문인지 기타에서 흘러나오는 음율이 오디오에서 들은 것보다 훨씬 생생하게 가슴으로 파고들었다.

비명이 터져 나오기 시작한 건 늑대 아저씨가 기어코 노래를 시작했을 때였다.

모든 사람들이 자리에서 벌떡 일어났다.

세상에는 성대모사를 잘하는 사람들이 많다는 걸 알지만 늑대 아저씨의 노래는 이병웅과 거의 흡사했다. 아니, 똑같았고 오히려 더 무서울 정도로 잘 부르는 것 같았다.

그것뿐인가.

노래가 가지고 있는 슬픔과 남자의 고독을 그대로 표현하는 감성까지 늑대 아저씨는 이병웅의 것을 그대로 보여주고 있었다.

패널석에 있는 10명의 연예인들과 모든 관객들은 늑대 아저씨가 노래를 시작한 후부터 자리에서 일어나 꼼짝하지 못했다.

놀람과 흥분, 그리고 기대감.

얼마나 놀랐는지 MC인 황정수는 무대 앞까지 튀어나와 있었는데, 연신 어쩔 줄 모르는 표정을 짓고 있었다.

결국 노래의 1절이 끝나자 늑대 아저씨가 천천히 자리에서 일어나 뒤쪽을 향해 걸어갔다.

가면을 벗고 사람들에게 정체를 알려주기 위함이었다.

물결처럼 흐르는 사람들의 숨소리.

얼마나 긴장했는지 사람들은 두 손을 부여잡고 늑대 아저씨의 정체가 진짜 그들이 상상했던 사람인지를 간절히 기다렸다.

이윽고.

늑대 아저씨가 가면을 벗는 순간.

후방에서 먼저 이병웅의 정체를 확인한 관객들이 기절할 것처럼 두 손을 입으로 가져가며 비명을 질렀다.

한두 사람이 그런 게 아니라 관객 전체가 동시에 벌인 일이었다.

그 모습에 대다수 사람들이 앉아 있던 정면 관객들이 일시에 얼어붙었다.

사람들이 저런 반응을 보인다는 것이 진짜 그가 여기에 왔다고 알려주기 때문이었다.

윤지혜는 후방에 있던 관객들이 비명을 지르는 순간 같이 입을 틀어막은 채 그가 돌아서기를 기다렸다.

만약, 그가 여기 와 있다면.

생각만 해도 소름 끼치는 일이었다.

옆을 슬쩍 돌아보자 김구혁을 비롯해서 모든 사람이 침을 삼키며 늑대 아저씨의 얼굴이 나타나기를 간절하게 기다리고 있었다.

웬만한 일에는 눈 하나 깜박하지 않을 정도로 강심장을 가진 김구혁은 두 손을 꽉 쥐고 있었는데, 정말 그 사람이라면 기절할 것처럼 눈을 부릅뜨고 있었다.

드디어.

그가 대부분의 관객들이 몰려 있는 전방을 향해 몸을 돌리는 순간.

일어서 있던 모든 관객들이 비명을 질렀다.

마치, 폭탄이 터지는 것과 같은 함성과 비명이 섞여 홀에 진동을 일으켰다.

"말도 안 돼!"

진짜 이병웅이 얼굴을 드러낸 채 무대의 중앙으로 걸어 나오는 순간 윤지혜는 자신도 모르게 신음 소리를 냈다.

살아오면서 누군가를 진심으로 좋아한 적이 없으나 이병웅만은 예외였다.

그의 노래, 그의 분위기, 그의 외모.

무엇 하나 그녀를 사로잡지 않은 게 없었다.

언제나.

단 한 번만이라도 만나고 싶었던 사람.

그런 사람이 자신과 불과 20m 전방에 나타나자 윤지혜의 눈에서는 자신도 모르게 이슬방울이 흐르기 시작했다.

*　　　　*　　　　*

이병웅은 무대의 중앙으로 나와 잠시 동안 자신의 이름을 연호하는 관객들을 바라보다 천천히 노래를 불렀던 자리에 앉았다.

"반갑게 맞아주셔서 감사합니다. 관객 여러분, 그리고 이 방송을 보시는 시청자 여러분. 오랜만에 뵙겠습니다. 올해는 콘서트가 계획되지 않았기에 이런 자리를 마련하게 되었습니다. 조금 놀라셨죠?"

"예!"

"원래의 방송 스케줄이 가면을 벗은 다음에 노래를 계속 이어나가는 것이라고 들었습니다. 일단 노래를 계속할까요?"

이병웅이 미소를 지으며 관객들에게 물을 때 옆에 서 있는 MC 황정수가 총알처럼 튀어나와 관객들의 대답을 가로막았다.

담당 PD가 미친 듯이 손짓하며 시간을 끌라는 사인을 보냈기 때문이었다.

보나 마나 뻔하다.

PD는 어떡하든 시간을 끌어 이병웅이 조금이라도 더 무대에 머물도록 만들고 싶었던 게 분명했다.

"잠깐만요, 이병웅 씨. 노래를 부르기 전에 일단 인터뷰부터 하시는 게 좋겠습니다."

"아, 그럴까요?"

"하아, 그런데 너무하시는 거 아니에요? 전설의 스타가 이렇게 사람을 속여도 되는 겁니까?"

"하하… 죄송합니다."

황정수가 이병웅을 향해 눈알을 부라리며 따졌다.

세계 최고의 가창력을 지닌 가수를 보고 노래를 못 부른다며 타박을 한 그로서는 쥐구멍이라도 들어가고 싶은 심정이었을 것이다.

"좋습니다. 그건 방송 콘셉트상 그렇다 치고. 몇가지 질문을 하겠습니다."

"말씀하십시오."

"갓 보이스는 방송에 출연하지 않는 걸로 유명해서 어떤 사람도 늑대 아저씨가 이병웅 씨라는 걸 눈치채지 못했어요. 오늘 여기에 출연한 계기는 뭔가요?"

"저의 소속사 김윤호 사장님께서 콘서트를 하지 않는 대신 방송에 출연해 팬들께 인사드리는 게 좋을 것 같다고 말씀하셨습니다. 저 역시 그런 생각을 가지고 있었기에 출연하게 되었습니다."

"수많은 팬들이 갓 보이스의 콘서트를 기다리고 있는데 금년에는 콘서트가 없어서 무척 아쉬워하고 있습니다. 언론과 인터넷에서는 수많은 낭설들이 떠돌지만 정확한 사유를 알지 못했는데, 콘서트를 열지 않은 이유가 뭔지 알 수 있을까요?"

"사실, 그동안 매년 콘서트를 하면서 상당히 지친 상태였습니다. 그리고 개인적으로 할 일들이 있어 콘서트를 준비할 수 없었습니다."

"아, 그렇군요. 그렇다면 음반 준비는 어떻게 돼가고 있나요? 소문에는 9집이 준비 중이라던데요."

"두 달 정도면 노래가 준비될 것 같습니다. 노래가 준비되는 대로 음반 작업에 착수해서 내년 초에는 여러분께 들려 드릴 수 있을 것 같습니다."

이병웅은 황정수의 질문에 대해 차분히 대답을 해나갔다.

황정수는 모든 언론의 대표 자격을 부여받은 것처럼 그의 일상에 대한 질문들을 이어나갔는데, 거의 10여 분에 달하는 시간 동안 여러 가지를 물었다.

정말 능력 있는 MC다.

미리 준비한 것도 아닌데 앉은 자리에서 20여 개의 질문을 쏟아 냈다.

"마지막으로 한 가지만 더 묻겠습니다. 이병웅 씨는 현재 황수인 씨와 좋은 감정으로 만나고 계시는데… 혹시, 좋은 소식은 계획하고 있지 않나요?"

"좋은 소식이라면 어떤 걸 말씀하시는지?"

"결혼을 말씀드리는 겁니다."

"결혼에 대해서 말씀드리기는 어려울 것 같아요. 아직 프러포즈도 하지 않았거든요."

"그럼 결혼할 생각은 있는 건가요?"

"당연하죠. 곧 좋은 날, 좋은 시간을 선택해서 그분께 세상에서 가장 아름다운 프러포즈를 할 생각입니다."

"아이고!"

황정수의 입에서 비명 소리가 저절로 튀어나왔다.

의례적인 질문이었고 의례적인 대답이 나올 것이라 생각했음에도 결혼에 관한 질문을 한 건 시청자들이 가장 궁금하게 여기는 것이었기 때문이었다.

비명과 탄식 소리가 패널과 관객석에서도 흘렀다.

이병웅이 막상 결혼에 대한 생각을 말하자 여자들의 입에서는 안 된다는 고함 소리가 여기저기에서 튀어나오고 있었다.

황정수가 급히 말을 이어나간 건 관객석의 소란이 점점 커져갈 때였다.

"자, 이제 질문은 여기서 마치고, 갓 보이스의 노래를 마저 듣도록 하겠습니다. 여러분, 뜨거운 박수로 맞아주시기 바랍니다."

*　　　　　*　　　　　*

이병웅이 'Masked singer'에 출연했다는 소식이 알려지자 대한민국 사람이라면 누구나 날짜를 확인하며 방송 시간이 빨리 다가오기를 기다렸다.

그 시간 동안 수많은 화제가 인터넷을 뜨겁게 달궜다.

실제 'Masked singer'에 관객으로 참여했던 사람들이 녹화 당시 있었던 일들을 올렸는데, 처음에는 반신반의하던 사람들은 계속해서 똑같은 글들과 캡처가 올라오자 믿지 않을 수가 없었다.

*　　　　*　　　　*

"오늘 마지막 소식을 전해 드리겠습니다. 한국이 낳은 세
계적인 가수, 갓 보이스 이병웅 씨가 인기 프로그램 'Masked
singer'에 출연했다는 소식입니다. 이병웅 씨는 깜짝출연 해
서 세 곡을 불렀다고 알려졌습니다. 이병웅 씨가 출연하는
'Masked singer'는 2주 후에 방송되는 것으로 계획되어 있습
니다. 이상으로 JBC 9시 뉴스를 마치겠습니다."

JBC는 뉴스에서 이병웅이 무대에서 했던 말들을 확인시켜
주었다.

프로그램의 특성상 누가 나왔는지 미리 발설하는 건 말도
안 되는 일이었으나 워낙 사회적으로 이슈가 되자 JBC 측은
선제적으로 이병웅의 출연 소식을 공공연하게 전했다.

방송국은 머리가 좋은 사람들이 모인 곳이다.

그런 사람들이 프로그램의 특성까지 해치면서 공공연하게
보도를 한 것은 뉴스란 핑계로 의도적인 광고를 때린 게 분명
했다.

*　　　　*　　　　*

"수인아, 너도 들었지?"

"인터넷에서 봤는데 워낙 여러 가지 소문들이 돌아서 믿을 수가 없어. 어떤 사람은 공개적으로 프러포즈를 했다며 떠들고, 어떤 사람은 아직 생각이 없다고 말했다잖아."

"아휴, 답답아. 물어보면 될 거 아냐!"

"이씨, 그걸 어떻게 물어. 텔레비전 방송에서 프러포즈했냐고 물어보란 말이야?"

"그게 어때서?"

"언니, 언니는 형부한테 언제 어디서 프러포즈할 거냐고 미리 물어봤어?"

"그거야……."

매니저가 대답을 못 하자 황수인이 혀를 차며 돌아섰다.

어떤 여자가 그걸 물을 수 있단 말인가.

프러포즈란 남자의 특권이었고 그 프러포즈를 받아들이거나 거부하는 것은 여자의 특권이었다.

그래서 기다리는 거다.

언제일지 모를 그날이 다가오길 설레는 마음으로 여자는 기다린다.

그랬기에 황수인은 그 후 2번의 데이트를 했으나 결국 프로포즈에 관한 말은 묻지 않았다.

미리 언질이라도 주기를 바랐으나, 이병웅은 그에 대해서는 전혀 입 밖으로 꺼내지 않았기에 그녀 역시 아무 말 없이 데이트에 충실하며 속절없이 애만 태울 수밖에 없었다.

드디어, 이병웅이 출연한 'Masked singer'가 방송되는 날.

황수인은 득달같이 쫓아온 매니저와 함께 소파에 앉아 텔레비전에 시선을 고정시켰다.

첫눈에 알아볼 수 있었다.

일부러 음정과 박자를 틀렸음에도 그의 노래엔 여전히 사람의 감정을 자극하는 감성이 담겨 있었다.

기차 소리와 오리 흉내를 내는 그를 보며 웃었다.

모든 것에 완벽할 것 같았던 그 사람에게서 허술함을 본다는 건 정말 유쾌한 일이었다.

1라운드에서 탈락한 이병웅이 무대 중앙에 앉아 노래를 시작했을 때 사람들의 반응을 보면서 그녀 역시 전율에 사로잡혔다.

사랑하는 사람이었고 매주 만나는 사이였음에도 정체를 숨겼던 그가 얼굴을 드러내는 순간 자신도 모르게 온몸에서 소름이 돋아났다.

황정수와의 인터뷰가 지속되었고, 드디어 그녀가 간절하게 기다리던 장면이 나왔다.

"마지막으로 한 가지만 더 묻겠습니다. 이병웅 씨는 현재 황수인 씨와 좋은 감정으로 만나고 계시는데, 혹시 좋은 소식은 계획하고 있지 않나요?"

"좋은 소식이라면 어떤 걸 말씀하시는지?"

"결혼을 말씀드리는 겁니다."

"결혼에 대해서 말씀드리기는 어려울 것 같아요. 아직 프러포즈도 하지 않았거든요."

"그럼 결혼할 생각은 있는건가요?"

"당연하죠. 곧 좋은 날, 좋은 시간을 선택해서 그분께 세상에서 가장 아름다운 프러포즈를 할 생각입니다."

그의 말을 듣는 순간 눈물이 핑 돌았다.

인터넷에 떠돌던 수많은 루머들이 진실이 된 순간 그녀는 세상에서 가장 행복한 사람으로 변했다.

"좋겠다. 저런 말을 했으면서 왜 한마디도 안 했대. 웃긴 사람이야."

"난, 알겠어. 그 사람이 왜 그랬는지."

"뭔데?"

"호호… 부끄러워서."

"웃기고 있네. 좋냐, 그렇게 좋아?"

"응."

매니저가 달려들어 간지럼을 태우자 황수인이 기겁을 하면서 깔깔 웃었다.

그녀의 웃음은 세상에서 가장 밝고 행복한 웃음이었다.

＊　　　　＊　　　　＊

'뉴월드-1'이 출시되는 순간 세상은 다시 한번 갤럭시로 집중되었다.

연이어 터져 나온 혁신.

'아레스-1'과 '쥬피터' 그리고 '뉴월드-1'.

갤럭시에서 내놓은 제품은 하나하나 세상을 강타하는 폭풍이 되어 전 세계를 휩쓸어 버렸다.

'뉴월드-1'은 출시되기 전부터 3백만 대의 예약이 쌓였기 때문에 생산이 되는 족족 팔려 나가 재고가 전무한 실정이었다.

갤럭시 공장들이 24시간 밤낮없이 돌아가도 해결이 안 될 만큼 폭발적인 반응.

갤럭시의 제품들이 날개 돋친듯 팔리는 이유는 간단했다.

제품이 가진 혁신성은 지금까지 생산된 그 어떤 제품보다 뛰어났고 구입한 사람들의 입을 통해 성능이 검증되었기 때문이었다.

정문자동차의 공장들을 갤럭시에서 인수한 건 '뉴월드-1'이 본격적으로 출시되어 일대 센세이션을 불러일으킬 때였다.

정문자동차와 한성자동차가 보유했던 국내 생산 기지 6곳

을 동시에 인수한 갤럭시는 차곡차곡 준비한 대로 '쥬피터'의
생산 공정으로 변모시켜 나갔다.

공장들을 인수하기 전부터 모든 준비를 마쳐놓은 상태였기
때문에 6달 정도면 갤럭시의 연간 생산량은 2천만 대까지 늘
어나게 될 것이다.

*　　　　　*　　　　　*

2017년 12월.

본격적인 겨울로 들어서 눈이 하얗게 쌓이던 날.

이병웅은 노트북에 떠 있는 그래프를 바라보며 지그시 입
술을 깨물었다.

어이없게도 비트코인은 그야말로 미친 듯이 상승을 거듭하
며 14,000달러를 찍고 있었다.

계좌에 찍힌 금액만 3조에 육박했다.

3백 억으로 시작했던 자금이 3조까지 올랐으니 무려 100배
에 달하는 수익을 얻었다.

돈을 많이 벌어서 즐거운 게 아니다.

지금 이지스그룹과 갤럭시그룹에서 벌어들이는 매출액만
따져도 한 달에 70조에 달했으니 그에게 3조는 결코 거액이
아니었다.

그럼에도 그가 고민에 빠져 있는 건 세력들의 움직임이 심상치 않았기 때문이었다.

막대한 매도 물량.

그리고 그것을 받아먹는 개미들의 매수세.

그는 암중의 세력이 비트코인을 매집하는 걸 보며 다른 의도가 있을 것이라 생각했다.

금과 은을 근간으로 하는 암호 화폐 시스템에 비트코인을 접목시키려는 게 아니냐는 의심을 가졌던 것이다.

그런데 막상 비트코인의 가격이 무차별적으로 상승하자 세력들이 물량을 쏟아내고 있었다.

판단이 필요했다.

그리고 그 판단의 기준은 과연 비트코인이 세계 유일의 화폐 시스템으로 자리 잡을 수 있냐는 것이었다.

결국 고개를 흔들었다.

지금 세상은 비트코인에 이어 수많은 암호 화폐들이 등장해 상장되어 있는 상태였다.

비트코인에 비해 무척 싼 가격으로 거래되고 있었으나 후속으로 등장한 암호 화폐들은 비트코인의 단점이 보완되어 완성된 것들이었다.

더군다나, 각국 중앙은행의 행보가 심상치 않았다.

각국 중앙은행들은 자체적으로 암호 화폐를 개발해서 사

용 준비를 했는데, 그 대표적인 나라들이 중국과 러시아, 터키, 베네수엘라 등이었다.

이병웅은 수많은 고민과 판단 끝에 노트북으로 손을 가져갔다.

아무리 생각해도 자신의 의심은 성사되기 어렵다는 판단이 내려졌다.

그렇다면 암중의 세력들이 비트코인을 매집한 건 단순히 가격을 올려 이득을 취하려는 게 분명했다.

한번 결단을 내리면 망설이지 않는다.

과감하게 매도 버튼을 클릭하고 3조라는 거액을 계좌에 담은 이병웅은 노트북을 접고 눈이 내리는 창밖을 바라보았다.

연준에서는 9월부터 양적긴축을 시행하고 있었으나 그 양이 돈을 풀 때에 비해 현저히 느렸다.

과연 그들은 열어놓은 판도라의 상자를 다시 닫을 수 있을까?

『전설의 투자가』 7권에 계속…